阅读，与最好的自己相遇

肖复兴
散文
精选

肖复兴

著

为青少年读者
量身打造的经典读本

长江出版传媒 崇文书局

图书在版编目（CIP）数据

肖复兴散文精选：青少版 / 肖复兴著． -- 武汉：
崇文书局，2025. 6. -- ISBN 978-7-5403-8204-9

Ⅰ．I267

中国国家版本馆 CIP 数据核字第 2025RN0887 号

责任编辑：高　娟
责任校对：朱小双
责任印制：冯立慧

肖复兴散文精选：青少版
XIAO FUXING SANWEN JINGXUAN：QINGSHAOBAN

出版发行 长江出版传媒｜崇文书局
地　　址：武汉市雄楚大街 268 号 C 座 11 层
电　　话：(027)87677133　邮政编码：430070
印　　刷：武汉市卓源印务有限公司
开　　本：640mm×900mm　1/16
印　　张：17
字　　数：165 千
版　　次：2025 年 6 月第 1 版
印　　次：2025 年 6 月第 1 次印刷
定　　价：35.00 元

目录

生命不仅属于自己

我们常说一个人和另一个人的感情是可以相通的，

其实，一个人和另一个人的生命更是可以相连的。

母亲的月饼

中国的节日一般都是和吃联系在一起的，这和中国传统的节气相关，每一个节日都是和节气呼应着的，于是每一个节日都有一个和节气相关联的吃食做主角。又快到中秋节了，主角当然是月饼，只可惜近两年来，南京冠生园的黑心月饼和豪华包装的天价月饼相继登场，让中秋节跟着吃瓜落儿。

记得我小时候，每到中秋节就特别羡慕店里卖的自来红、自来白、翻毛、提浆，那时就只有这几种传统月饼，哪里像如今，又是水果馅，又是海鲜馅，居然还有什么人参馅，花脸一样百变时尚起来。可那时的月饼在北京城里绝对的地道，做工地道，包装也地道，装在油篓或纸匣子里，顶上面再包一张红纸，简朴却透着喜兴，旧时有竹枝词写道："红白翻毛制造精，中秋送礼遍都城。"

只是那时家里穷，买不起月饼，年年中秋节，都是母亲自己做月饼。说老实话，她老人家的月饼不仅赶不上致美斋、稻香村的味道，就连我家门口小店里的月饼的味道也赶不上。但母亲做月饼总是能够给全家带来快乐，节日的气氛，就是这样从母亲开始着手做月饼弥漫开来的。

母亲先剥好了瓜子、花生和核桃仁，掺上桂花和用擀面杖擀碎的冰糖渣，撒上青丝红丝，再浇上香油，拌上点湿面粉，切成一小方块一方块的，便是月饼馅了。然后，母亲用香油和面，用擀面杖擀成圆圆的小薄饼，包上馅，再在中间点上小红点，就开始上锅煎了。怕饼厚煎不熟，母亲总是把饼用擀面杖擀得很薄，我总觉得这样薄，不是和一般的馅饼一样了吗？而店里卖的月饼，都是厚厚的，就像京戏里武生或老生脚底下踩着的厚厚高底靴，那才叫角儿，那才叫月饼嘛。

每次和母亲争，母亲都会说："那是店里的月饼，这是咱家的月饼。"这样简单的解释怎么能够说服我呢？我便总觉得家里的月饼没有外面店里卖的好，嘴里吃着母亲做的月饼，心里还是惦记着外面店里卖的月饼，总觉得外面的月亮比自己家里的圆，这山望着那山高。其实母亲亲手做的月饼，是外面绝对买不到的。当然，明白这一点，是在我长大以后，小时候，孩子都是不大懂事的。

好多年前，母亲还在世的时候，中秋节时，我别出心裁地请母亲再动手做月饼给全家吃，其实是为了给儿子吃。那时，儿子刚刚上小学，为了让他尝尝以往艰辛日子的味道，别一天到晚吃凉不管酸。多年不自己做月饼的母亲来了兴致，开始兴致勃勃地做馅、和面、点红点儿、上锅煎饼，一个人忙里忙外，满屋子香飘四溢。月饼做得了，儿子咬了两口就扔下了。他还是愿意到外面去买商店里的月饼吃，特别要吃双黄莲蓉。

如今，谁还会在家里自己动手做月饼？谁又会愿意吃这样的月饼呢？都说岁月流逝，其实，流逝的岂止是岁月？

窗前的母亲

在家里，母亲最爱待的地方就是窗前。

自从搬进楼房，母亲很少下楼，我们都嘱咐她，她自己也格外注意，知道楼层高楼梯又陡，自己老了，腿脚不利落，磕着碰着，给孩子添麻烦。每天，我们在家的时候，她和我们一起忙活着家务，脚不识闲儿。我们一上班，孩子一上学，家里只剩下她一个人，没什么事情可干，大部分的时间里，她就是待在窗前。

母亲的房间，一张床紧靠着窗子，那扇朝南的窗子很大，几乎占了一面墙，母亲坐在床上，靠着被子，窗前的一切就一览无余了。阳光总是那样灿烂，透过窗子，照得母亲全身暖洋洋的，母亲就像一株向日葵似的特别爱追着太阳烤着，让身子有一种暖烘烘的感觉。有时候，不知不觉地就倚在被子上睡着了。一个盹醒过来，睁开眼睛，她就会接着望着窗外。

窗外有一条还没有完全修好的马路，马路的对面是一片工地，恐龙似的脚手架，簇拥着正在盖起的楼房，切割着那片湛蓝湛蓝的天空，遮挡住了远处的景色。由于马路没有完全修好，来往的车辆不多，人也很少，窗前大部分时间是安静的，只有太阳在悄悄地移动着，从窗子的一边移到了另一边，然后移到了窗后面，留给母亲一片阴凉。

我们回家时，只要走到楼前，抬头望一下家里的那扇窗子，就能够看见母亲的身影。窗子开着的时候，母亲花白的头发会迎风飘动，窗框就像一个恰到好处的画框。等我们爬上楼梯，不等掏出门钥匙，门就已经开了，母亲站在门口。不用说，就在我们在楼下看见母亲的时候，母亲也望见了我们。那时候，我们出门永远不怕忘记带房门的钥匙，有母亲在窗前守候着，门后面总会有一张温暖的脸庞。即使我们回家很晚，楼下已经是一片黑乎乎的了，在窗前的母亲也能看见我们。其实，她早老眼昏花，不过是凭感觉而已，那感觉从来都十拿九稳，她总是那样及时地出现在家门的后面，替我们早早地打开了门。

母亲最大的乐趣，是对我们讲她这一天在窗前看见的新闻。她会告诉我们今天马路上开过来的汽车比往常多了几辆，今天对面的路边卸下好多的沙子，今天咱们这边的马路边栽了小树苗，今天她的小孙子放学和同学一前一后追赶着，跟风似的呼呼地跑，今天还有几只麻雀落在咱家的窗台上，都是些平淡无奇的小事，但她有枣一棍子没枣一棒子地讲起来也会津津有味。

母亲不爱看电视，总说她看不懂那玩意儿，但她看得懂窗前这一切，这一切都像是放电影似的，演着重复的或不重复的琐琐碎碎的故事，沟通着她和外界的世界，也沟通着她和我们。有时候，望着窗前的一切，她会生出一些东一榔头西一棒子的联想，大多是些陈年往事，不是过去住平房时的陈芝麻烂谷子，就是沉淀在农村时她年轻的回忆。听母亲讲述这些八竿子都打不着的事情的时候，让我感到岁月的流逝，人生的沧桑，就这样在她的眼睛里和窗前闪现着。有时候，我偶尔会想，要是把母亲这些讲述都写下来，才是真正的意识流。

母亲在这个新楼里一共住了五年。母亲去世以后的好长一段时间，我出门总是忘记带钥匙。而每次回家走到楼下的时候，我总是习惯性地望望楼上家的窗户，空荡荡的窗前，像是没有了画幅的一个镜框，像是没有了牙齿的一张瘪嘴。这时我才明白那五年时光里窗前曾经闪现的母亲的身影，对我们来说是多么的珍贵而温馨；才明白窗前有母亲的回忆，也有我们的回忆；也才明白窗前该落有并留下了多少母亲企盼的目光。

当然，就更明白了：只要母亲在，家里的窗前就会有母亲的身影。那是每个家庭里无声却动人的一幅画。

母亲

　　世上有一部永远写不完的书，那便是母亲……那一年，我的生母突然去世。我不到五岁，弟弟才三岁多一点儿，我俩朝爸爸哭着闹着要妈妈。爸爸办完丧事，自己回了一趟老家。他回来的时候，给我们带回来了她，后面还跟着一个小姑娘。爸爸指着她，对我和弟弟说："来，叫妈妈！"弟弟吓得躲在我身后，我噘着小嘴，任爸爸怎么说就是不吭声。"不叫就不叫吧！"她说着，伸出手要摸摸我的头，我扭着脖子闪开，就是不让她摸。望着这陌生的娘儿俩，我首先想起了那无数人唱过的凄凉小调："小白菜呀，地里黄呀，两三岁呀，没有娘呀……"我不知道那时是一种什么心绪，总是忐忑不安地偷偷看她和她的女儿。在以后的日子里，我从来不喊她妈妈，学校开家长会，我硬是把她堵在门口，对同学说："这不是我妈。"有一天，我把妈妈生前的照片翻出来挂在家里最醒目的地方。以此向后娘示威，怪了，她不但不生气，而且常常踩着凳子上去擦照片上的灰尘。有一次，她正擦着，我突然向她大声喊着："你别碰我的妈妈。"好几次夜里，我听见爸爸在和她商量："把照片取下来吧！"而她总是说："不碍事儿。挂着吧！"头一次我对她产生了一种说不出的好感，但我还是不愿叫她妈妈。

孩子没有一个是省油的灯，大人的心操不完。我们大院有块平坦、宽敞的水泥空场。那是我们孩子的乐园。我们没事便到那儿踢球、跳皮筋，或者漫无目的地疯跑。一天上午，我被一辆突如其来的自行车撞倒，重重地摔在水泥地上，立刻晕了过去。等我醒来的时候，已经躺在医院里了。大夫告诉我："多亏了你妈呀！她一直背着你跑来的，生怕你留下后遗症，长大了可得好好孝顺她呀……"她站在一边不说话，看我醒过来便伏下身摸摸我的后脑勺，又摸摸我的肚子。我不知怎么搞的，第一次在她面前流泪了。"还疼？"她立刻紧张地问我。我摇摇头，眼泪却止不住。"不疼就好，没事就好！"回家的时候，天已经全黑了。从医院到家的路很长，还要穿过一条漆黑的小胡同，我一直伏在她的背上。我知道刚才她就是这样背着我，跑了这么长的路往医院赶的。以后的许多天里，她不管见爸爸还是见邻居，总是一个劲埋怨自己："都赖我，没看好孩子！千万别落下病根呀……"好像一切过错不在那硬邦邦的水泥地，不在我那样调皮，而全在于她。一直到我活蹦乱跳没一点儿事了，她才舒了一口气。

没过几年，三年困难时期就来了，只是为了省出家里一口人吃饭，她把自己的亲生闺女，那个老实、听话，像她一样善良的小姐姐嫁到了内蒙古。那年小姐姐才十八岁，我记得特别清楚，那一天，天气很冷，爸爸看小姐姐穿得太单薄了，就把家里唯一一件粗线毛大衣给小姐姐穿上，她看见了，一把给扯了下来："别，还是留给她弟弟吧，啊！"车站上，她一句话也没说，只是在火车开动的时候，向女儿挥了挥手。寒风中，我看见她那像枯枝一样的手臂在抖动，回来的路上她一边走一边叨叨："好啊，好啊。闺女大了，早点寻个家好啊，好！"我实在是不知道人生的滋味儿，不知道她一路上叨叨的这几句话是在安抚她自己那流血的心。她也是母亲，她送走自己的亲生闺女，为的是两个并非亲生的孩子，世上竟有这样的后母？望着她那日趋隆起的背影，我的眼泪一个劲往外涌。"妈妈！"我第一次这样称呼了她，她站住了，回过头来，愣愣地看着我不敢相信这是真的，我又叫了一声"妈妈"，她竟"呜"的一声哭了，哭得像个孩子。多少年的酸甜苦辣，多少年的委屈，全都在这一声"妈妈"中融解了。母亲啊，您对孩子的要求就是这么少……这一年，爸爸因病去世了，妈妈先是帮人家看孩子，以后又在家里弹棉花，攒线头，她就是用弹棉花攒线头挣来的钱供我和弟弟上学。望着妈妈每天满身、满脸、满头的棉花毛毛，我常想亲娘又怎么样？从那以后的许多年里，我们家的日子虽然过得很清苦，但是，有妈妈在，我们仍然觉得很甜美，无论多晚回家，那小屋里的灯总是亮的，橘黄色的灯光里是妈妈跳动的心脏。只要妈妈在，那小屋便充满温暖，充满了爱。我总觉得妈妈的心脏会永远地跳动着，却从来没想到，我们刚大学毕业的时候，妈妈却突然地倒下了，而且再也没有起来。妈妈，请您在天之灵能原谅我们，原谅我们儿时的不懂事，而我永远也不能原谅自己。我知道在这个世界上，我什么都可以忘记，却永远不能忘记您给予我们的一切……世上有一部永远写不完的书，那便是母亲。

娘的四扇屏

　　这一次来呼和浩特姐姐家，发现客厅的墙上多了两幅国画，一幅是童子和牛，一幅是展翅的飞鹰，都被装裱成立轴，尤其是牵牛的两个古代童子，面容清纯，憨态可掬，很不错。一问，才知道是姐姐的大女儿退休之后上老年大学学的。然后，姐姐说："这点随咱娘，咱娘手就巧，能描会画。"说着她指指客厅的另一面墙，对我说："你看，那就是咱娘绣的。"

　　我一看，墙上挂着四扇屏。屏中是四面关于四季内容的传统丝绣，一看年代就够久远了，缎面已经显旧，颜色有些暗淡。但是，丝线的质量很好，依然透着光泽，比一般的墨色和油画色还能保鲜。

　　《春》绣的是凤凰戏牡丹。牡丹的枝叶，像被风吹动，蜿蜒伸展自如，柔若无骨；有趣的是凤凰凌空展翅，多情又有些俏皮地伸着嘴，衔着牡丹上面探出的一根枝条，像是用力要把这一株牡丹都衔走，飞上天空。右上方用红丝线绣着两行小字：牡丹古人称

"花王"。

《夏》绣的是映日荷花。绿绿的荷叶亭亭，粉红色的荷花格外婀娜，还横刺出一枝绿莲蓬。荷花上有一只蜜蜂飞舞，水草中有一只螃蟹弄水，有意思的是，最下面的浪花全绣成了红色。右上方也是用红丝线绣着两行小字：夏月荷花阵阵香。

《秋》绣的是菊花烹酒。没有酒，只有一大一小、一上一下，两朵金菊盛开，几个花骨朵点缀其间，颜色很跳跃。上面还有一只蝴蝶在花叶间翻飞，下面有一只七星瓢虫，倒挂金钟般挂在花枝下，像荡秋千。最底下的水里，有一条大眼睛的游鱼，还有一只探出触角来的小蜗牛，充满童趣。左上方用墨绿色的丝线绣着两行小字：菊花烹酒月中香。

《冬》绣的是传统的喜鹊登梅。五瓣梅花，绣成了粉红色、淡紫色和豆青色，点点未开的梅萼，红的、粉的，深浅不一，散落在疏枝之间，如小星星一样闪闪烁烁。喜鹊的长尾巴绣成紫色，翅膀黑色的羽毛下藏着几缕苹果绿，肚皮绣成了蛋青色。最下面的几块镂空的上水石，则被完全抽象化，绣成五彩斑斓的绣球模样了。依然是为了左右对称，在左上方用墨绿色的丝线绣着两行小字：梅萼出放人咸爱。

绣得真是清秀可爱。心里暗想，或许是"出"字绣错了，应是"初"字。我知道娘的文化水平不高，好多字是结婚以后父亲教她的。我问姐姐："这个四扇屏，以前我来过你家那么多次，怎么从来没有见过？"

姐姐说，这也是前些日子她刚拿出来的，然后做了四个框，才挂在墙上的。然后，姐姐又告诉我，这是娘做姑娘时候绣的呢。

姐姐从来称母亲作娘。或是母亲去世后，父亲从老家为我和弟弟娶回继母的缘故吧，为了区别，我们都管继母叫妈，管生母叫娘。

我是第一次见到我娘的这个四扇屏。我娘死得早，三十七岁就突然病故，那一年，我才五岁。在这之前，我没有见过娘留下的任何遗物。在家里，只存有娘的一张照片，那是葬礼上的一幅遗照，成为联系我和娘生命与情感的唯一凭证。

说实在的，由于那时候年龄小，在我的脑海和记忆里，关于娘的印象是极其模糊的。突然见到这四扇屏，心里有些激动，禁不住贴近墙面，想仔细看，忽然有种感觉，好像不知是这面墙热，还是四扇屏有热度，一下子有了一种温暖的感觉，好像贴在娘的身边。

这面墙正对着阳台的玻璃窗，四扇屏上反光很厉害，跳跃着的光点，晃着我的泪花闪烁的眼睛，一时光斑碰撞在一起，斑驳迷离。春夏秋冬的风景，仿佛晃动交错在一起，很多记忆蜂拥而至，随四季变换而缤纷起来。原本早已经模糊的娘的影子，似乎也在四扇屏上清晰地浮现出来。

从北京来呼和浩特之前，我已经在心里算过了，如果娘活着，今年整整一百岁。我对姐姐说了这话之后，姐姐一愣，然后说："可不是怎么着，娘20岁生下的我。我今年都八十岁了。"说完，姐姐又望望墙上的四扇屏。她没有想到娘的一百岁，却正好赶上了娘的一百岁。不是心里的情分，不是命运的缘分，又是什么？

亏了姐姐心细，将这个四扇屏珍藏了这么多年。而这么多年，不要说经历了抗战和内战中的颠沛流离，就是"文化大革命"的"破四旧"运动，也够姐姐受的了。四扇屏是娘留下来唯一的遗物了。我才忽然发现，遗物对于人尤其是亲人的价值。它不仅是留给后人的一点儿仅存的念想，同时也是情感传递和复活的见证。

我想起去年夏天曾经读过徐渭的一首七绝诗，当时觉得写得好，抄了下来：箧里残花色尚明，分明世事隔前生。坐来不觉西窗暗，飞尽寒梅雪未晴。这是他写给亡妻的，看到箧里妻子旧衣上的残花而心生的感受与感喟，却和我此时的心情那样的相同。有时候，真的会有冥冥之中的心理感应，莫非去年此时，徐渭的诗就已经昭示了今天我要像他在偶然之间看到亡妻的遗物一样，突然之间和娘的遗物相遇？

只是，和姐姐相对而坐，面临的不是西窗，而是南窗；飞落的不是梅花和雪花，而是一春以来难得的细雨潇潇。

我想，娘一定在四扇屏上看着我们。那上面有她绣的牡丹、荷花、菊化和梅化，簇拥着她，也簇拥着我们。

姐姐

这个世界上最先让我感觉到至为圣洁而宽厚的爱，而值得好好活下去的，一个是母亲，一个是姐姐。

一

年轻时，姐姐很漂亮，只是脾气不好，这一点儿随娘。在我和弟弟落生的时候，娘都把姐姐赶出家门到远远的城外去，说她命硬，会冲了我们降生的喜气。我和弟弟都是姐姐抱大的，只要我们一哭，娘常常不分青红皂白先把姐姐骂上一顿，或者打上几下。可以说，为了我和弟弟，姐姐没少受气，脾气渐渐变得暴躁并且格外拧。

可是，姐姐从来没对我和弟弟发过一次脾气。即使现在我们已经长大成人，在她眼里依然还像依偎在她怀中的小孩。

姐姐的脾气使得她主意格外大，什么事都敢自己做主。娘去世的那一年，她偷偷报名去了内蒙古。那时，正修京包铁路线需要人。家里的生活也愈发拮据，娘去世后一大笔亏空，父亲瘦削的肩已力不可支。出发前，姐姐特地在大栅栏为我和弟弟买了白力士鞋，算是再为娘戴一次孝，还带我们到劝业场照了张照片。带着这张照片，姐姐走了，独自一人走向风沙弥漫的内蒙古，虽未有昭君出塞那样重大的责任，但一样心事重重地为了我们而离开了北京。我和弟弟过早尝到了离别的滋味，它使我们因过早品尝人生的苍凉而早熟。从此，火车站灯光凄迷的月台，便和我们命运相交，无法分割。

那一年，姐姐十七岁。

第二年，姐姐结婚了。她再一次自作主张让父亲很是惊奇却又无奈。春节前夕，她和姐夫从内蒙古回到北京，然后回姐夫的家乡河北任丘。姐夫就是从那里怀揣着一本孙犁的《白洋淀纪事》参加革命的，他脾气很好，正好和姐姐形成了鲜明的对比。

以后，我和弟弟便盼姐姐回来。因为每次姐姐回来，都会给我们带回许多好吃的、好玩的。我们还是不懂事的小馋猫呀！记得三年困难时期，姐姐到武汉出差，想买些香蕉带给我们，跑遍武汉三镇，只买回两挂芭蕉。那是我第一次吃芭蕉，短短的，粗粗的，口感虽没有香蕉细腻，却让我难忘。望着我和弟弟贪婪地吃着芭蕉的样子，姐姐悄悄落泪。那时，我不明白姐姐为什么要落泪。

那一次，姐姐和姐夫一起回北京，看见我和弟弟如狼似虎贪吃的样子，没说什么。那时正是我们长身体的时候，肚子却空空的像无底洞，家里粮食总是不够吃……父亲念叨着。姐姐掏出一些全国粮票给父亲，第二天一清早便和姐夫早早去前门大街全聚德烤鸭店排队。那时，排队的人多得不亚于现在办出国签证的人。我不知道姐姐、姐夫排了多长时间的队，当我和弟弟放学回家时，见到桌上已经摆放着烤鸭和薄饼。那是我们第一次吃烤鸭，以为那该是世界上最好吃的东西了。望着我们一嘴油一手油可笑的样子，姐姐苦涩地笑了。

盼望姐姐回家，成了我和弟弟重要的生活内容。于是，我们尝到了思念的滋味。思念有时是很苦的，却让我们的情感丰富而成熟起来。

姐姐生了孩子以后，回家探亲的日子越来越少。她便常寄些钱来，父亲拿这些钱照样可以买各种各样的东西给我们，我却感到越发思念姐姐了。我们盼望姐姐归来已经不仅仅为了馋嘴，一种浓浓的依恋的情感已经长成枝繁叶茂的大树，即使无风依然要婆娑摇曳。

终于，又盼到姐姐回来了，领着她的女儿。好日子太不禁过，像块糖越化越小，即使再精心地含着。既然已经是渴望中的重逢，命中必有一别。姐姐说什么也不要我和弟弟送，因为姐姐来的第二天，举行少先队宣传活动，我逃了活动挨了大队辅导员批评。那一天中午，姐姐带我们到家附近的鲜鱼口联友照相馆。照相前，由于她没带眉笔，就划着几根火柴，用火柴上燃烧后的可怜的一点点如笔尖上点金一样的炭，分别在我和弟弟眉毛上描了描，想把我们打扮得漂亮些。照完相回到家整理好行装，我和弟弟送姐姐她们娘俩儿到大院门口，姐姐便不让送了，执意自己上火车站，走了几步，回头看我们还站在那里，便招招手说："快回去上学吧！"我和弟弟谁也没动，谁也没说话，就那样呆呆地站着望着姐姐的身影消失在胡同尽头。当我们看到姐姐真的走了，一去不返了，才感到那样悲怆，依依难舍又无可奈何。我和弟弟悄悄回到大院，一时不敢回家，一人伏在一棵丁香树上默默地擦眼泪。

我们不知在那里站了多久，一直到一种梦一样的声音突然在耳边响起，抬头一看，竟不敢相信：姐姐领着女儿再次出现在我们的面前，仿佛她早已料到会有这样的场面一样。她摸摸我们的头说："我今儿不走了！你们快上学去吧！"我们破涕为笑。那一天过得格外长！我真希望它能够永远"定格"！

二

在一次次分离与重逢中，我和弟弟长大了。一九六七年年底，弟弟不满十七岁，像姐姐当年赴内蒙古一样自作主张报名去青海支援三线建设，一腔天涯何处无芳草的慷慨豪壮。姐姐以为他去西宁一定要走京包线，就在呼和浩特铁路站一连等了他三天。姐姐等不及了，一脚踏上火车直奔北京，弟弟却已走郑州直插陇海线，远走高飞了。姐姐不胜悲怆，把原本带给弟弟的棉衣给了我，又带我跑到前门买了顶皮帽，仿佛她已经有了我也要走的先见之明一样。我只是把她本来送弟弟的那一份挚爱与牵挂统统收下了。执手相对，无语凝噎，我才知道弟弟这次没有告别的分手，对姐姐的刺激是多么大。天涯羁旅，茫茫戈壁，会时时跳跃着姐姐一颗不安的心。

就在姐姐临走那天夜里，我隐隐听到一阵微微的哭泣声，禁不住惊醒一看，姐姐正伏在床上，为我赶缝一件棉坎肩。那是用她的一件外衣做面、衬衣做里的坎肩。泪花迷住她的眼，她不时要用手背擦擦，不时拆下缝歪的针脚重新抖起沾满棉絮的针线……

我不敢惊动她，藏在棉被里不敢动窝，眯着眼悄悄看她缝衣、掉泪。一直到她缝完，轻轻地将棉坎肩放在我的枕边，转身要离去的时候，我怎么也忍不住了，一把伸出手，紧紧抓住她的胳膊。我本以为我一定控制不住，会大哭起来，可我竟一声没哭，只是一句话也说不出来，喉咙和胸腔里像有一股火在冲，在拱，在涌动……

我就是穿着姐姐亲手缝制的棉坎肩，带着她买的棉衣、皮帽以及绵绵无尽的情意和牵挂，踏上北去的列车到北大荒去的。那是弟弟走后不到一年的事。从此，我们姐弟仨一个在东北、一个在西北、一个在内蒙古，离得那么远那么远，仿佛都到了天尽头。我知道以往月台凄迷灯光下含泪的别离，即使是痛苦的，也难再有了，这样的场景只会留在我们各自迷蒙的梦中。

我和弟弟两个男子汉把业已年老的父亲孤零零留在北京。就在我离开家不久，父亲被人赶至两间破旧、矮小的屋子里，原因是我家我和弟弟两个大活人走了，用不着那么大的空间，外加父亲曾是国民党军需官。老实又胆小的父亲便把家乖乖迁徙到那两间小黑屋中。最可气的是窗户跟前还有一个自来水龙头，全院人喝水洗涮全仰仗它，每天从早到晚的吵闹声使人无法休息，而且水洇得全屋地面湿漉漉的，爬满潮虫。

就在这一年元旦前夕，姐姐、姐夫来到北京开会。他们本可以住到招待所，可看到家颓败到这副模样，老人孤零零如风中残烛，便没有住在别处，而在这湿漉漉、黑漆漆的小屋过夜，陪伴、安慰着父亲孤寂的心。这就是我和弟弟甩给姐姐的家。那一夜，查户口的突然不期而至，是为了给父亲要要威风看的。姐姐首先爬起床，气愤得很。查户口的厉声问："你是什么人？"姐姐嗓门儿一向很大："我是他女儿。"又问姐夫："你呢？"姐夫掏出工作证，不说一句话，他太清楚这些人的嘴脸，果然，他们客气地退去了。那工作证上写着"中共党员、呼和浩特铁路局监委书记"。

姐姐、姐夫走的那一天清早，买了许多元宵，煮熟了吃时，姐姐、姐夫和父亲却谁也吃不下。元宵本该在团圆之际吃，而我和弟弟却远走天涯。她回内蒙古后不时给父亲寄些钱来，其实那本该是我和弟弟的责任。姐姐也常给我和弟弟分别寄些衣物食品，她把她的以及我们远逝的那一份母爱一并密密缝进包裹之中，而她只要我们常常给她写信、寄照片。

当我有一次颇为自得地写信告诉她我能扛起90公斤重的大豆踩

着颤悠悠三级跳板入囿时，姐姐吓坏了，写信告诉我她一夜未睡，叮嘱我一定小心，千万别跌下来，让姐一辈子难得安宁。

又一次她看见我寄去的照片，穿着临走时她给我的那件已经破得不成样子的棉衣，补着我那针脚粗粗拉拉实在难看的补丁，又腰扎一根草绳时，她哭了，哭得那样伤心，以至姐夫不知该怎么劝才好……

当我像只飞得疲倦的鸟又飞回北京，北京没有如当年扯旗放炮欢送我一样欢迎我。可怜巴巴的我像条乞讨的狗一样，连一份工作都没有，只好待业在家，才知道无论什么时候只有家才是憩息地。

从我回北京那个月起，姐姐每月寄来三十元钱，一直寄到我考入大学。似乎我理所应当从她那里领取这份"工资"。她已经有三个孩子，一大家子人。而那年我已经二十七岁！每月邮递员呼喊我的名字，递给我这份寄款单时，我的手心都会发热发颤。仿佛长得这么大了，我还是个嗷嗷待哺的孩子，三十元可以派上大的用场。脆弱的自尊与虚荣，常在这几张票子面前无地自容，又无法弥补。幸亏待业时间不长，一年多后，我找到了工作，在郊区一所中学教书。我写信把消息告诉姐姐，让她不要再寄钱给我，我已经有了每月四十二点五元的工资。谁知，姐姐不仅依然按月寄来三十元钱，而且托运来一辆自行车，告诉我"车是你姐夫的，到郊区上班远，骑车方便些，也可以省点儿汽车票钱"……

我从火车货运站取出自行车，心一阵阵发紧。这辆银色的自行车跟随姐夫十几年。我感到车上有姐姐和姐夫的殷殷心意，只觉得太对不起他们，不知要长到多大才不要他们再操心！

我盼望着姐姐能再来北京，机会却如北方的春雨般难得了。只是有一次姐姐突然来到北京，这让我喜出望外。那是单位让她到北戴河疗养。她在铁路局房建段当管理员，平凡的工作，却坚持天天不迟到、不请假，坚守岗位，因此年年评先进工作者都要评上她。这次到北戴河便是对她的奖励，第一次，也是最后一次。十几年没见面了，姐姐明显老了许多，更让我惊奇的是大热的天，她还穿着棉毛裤。我问她怎么啦，她说早就得了风湿性关节炎。其实，我们小时候，她的腿就已经坏了，那时候我没注意罢了。我们长大了，姐姐老了，花白的头发飘飞在两鬓。她把她的青春献给了内蒙古，也融入了我和弟弟的血肉之躯！

我和弟弟都十分想念姐姐。想想，以往都是她千里奔波来看我们，一九八二年，我大学毕业，弟弟考取大学研究生，利用暑假，我们各自带着孩子专程去看望一下姐姐。这突然的举动，好让姐姐高兴一下。是的，姐姐、姐夫异常高兴，看见了我们，又看见和我们当年一般大的两个孩子，生命的延续让人感到生命的力量。离开北京前，我特意买了两挂厄瓜多尔进口大香蕉，那曾是小时候姐姐和我们最爱吃的。我想让姐姐吃个够！谁知，姐姐看着这样橙黄、硕大的香蕉，不舍得吃，非让我们吃。我和弟弟不吃，她又让两个孩子吃。两个孩子真懂事，也不吃。直至香蕉一个个变软、变黑，最后快要烂了，还是没人吃。没人吃，也让人高兴！姐姐只好先剥开一根香蕉送进嘴里："好！我先吃！都快吃吧，要不浪费了多可惜！"我从来没有吃过这样美味的香蕉！悄悄地，我想起小时候姐姐从武汉买回的那挂芭蕉。人生的滋味真正品味到了，是我们以全部青春作为代价。

昭君墓就在呼和浩特近郊，姐姐在这里生活了这么长时间，却从来没有去过一次。我们撺掇姐姐去玩一次。她说："我老了，腿也不行，你们去吧！"一想到她患关节炎的腿，也就不再劝，我们去的兴头也不大，便带着孩子到城里附近的人民公园去玩。不想那天玩到快出公园大门时，天突然浓云密布，雷雨大作。塞外的豪雨莽撞如牛，铺天盖地而来，那阵势惊人，不知何时才能停下来。我们只好躲在走廊里避雨，想待雨稍稍小下来，但望望天依然沉沉的，索性不再等雨过天晴，领着孩子向公园门口跑去。刚跑到门口，就听前面传来呼唤我和弟弟的声音。真没有想到，是姐姐穿着雨衣，推着车，站在路旁招呼着我们，后车座上夹满雨具，不知她在这里等了多久！雨珠一串串从打湿的头发梢上滚下来，雨衣挡不住雨水的冲击，姐姐的衣服已经湿漉漉一片，裤子已经完全湿透，紧紧包裹在腿上……

姐姐！无论风中、雨中，无论今天、明天，无论离你多近、多远，我会永远这样呼唤你，姐姐！

清明忆父

　　好多童年的事情，过去了那么多年，却依然恍若眼前，连一些细枝末节都记得特别清楚。记得父亲为我买的第一支笛子，是一角二分钱；买的第一本《少年文艺》，是一角七分钱；买的第一把京胡，是二元二角钱……那时候，家里生活不富裕，一家五口全靠父亲微薄的薪水维持，为了给我买这些东西，父亲掏出这些钱来，是咬着牙的。因为那时买一斤棒子面才几分钱，花这么多钱买这些东西，特别是花两块多钱买一把京胡，显得有些奢侈。

　　读初二的那一年，我爱上了读书，特别是从同学那里借了一本《千家诗》之后，我对古诗更是着迷。那时候，我家住在前门，离大栅栏不远，大栅栏路北有一家挺大的新华书店，我常常在放学之后到那里看书。多次翻看后，从那书架上琳琅满目的唐诗宋词里，我看中其中四本，最为心仪，总是爱不释手，拿起来，又放下，恋恋不舍。一本是复旦大学中文系编选的《李白诗选》，一本是冯至编选的《杜甫诗选》，一本是游国恩编选的《陆游诗选》，一本是胡云翼编选的《宋词选》。

　　每一次，翻完这四本书后，总要忍不住看看书后面的定价，《李白诗选》定价是一元零五分，《杜甫诗选》定价是七角五分，《陆游诗选》定价是八角，《宋词选》定价是一元三角。四本书价格加起来，总共要小五元钱呢。那时候的五元钱，正好是我上学在学校里一个月午饭的饭费。每一次看完书后面的定价，心里都隐隐地叹口气，这么多钱，和父亲要，父亲不会答应的。所以，每次翻完书，心里都对自己说，算了，不买了，到学校借吧。可是，每次到新华书店里来，总忍不住还要踮着脚尖，把这四本书从架上拿下来，总忍不住翻完书后还要看看后面的定价，似乎希望这一次看到的定价，会比上一次看到的要便宜了似的。

　　那时候，姐姐为了帮助父亲分担家庭的负担，十七岁就去了包头，到正在新建的京包铁路线上工作，从她的工资里拿出大部分，开始每月给家里寄三十元钱。那一天放学之后，母亲刚刚从邮局里取回姐姐寄来的三十元钱，我清清楚楚地看见母亲把那六张五元钱的票子放进了我家放"金银细软"的小箱子里。母亲出去之后，我立刻打开小箱子，从那六张票子里抽出一张，揣进衣兜，飞也似的跑出家门，跑到大栅栏，跑进新华书店，不由分说地，几乎是比售货员还要业务熟练地从书架上抽出那四本书，交到柜台上，然后从衣兜里掏出那张五元钱的票子，骄傲地买下了那四本书。终于，李白、杜甫和陆游，还有宋代那么多有名的词人，都属于我了，可以天天陪伴我一起吟风弄月、说山论河了。

　　回到家，我放下那四本书，心里非常高兴，就跑出去到胡同里和小伙伴们玩了。黄昏的时候，看见刚下班的父亲一脸铁青地向我走来，然后把我领回家，回到家，把我摁在床板上，用鞋底子打了我屁股一顿。我没有反抗，没有哭，什么话也没有说，因为我一眼看到床头上放着那四本书，知道父亲一定知道了小箱子里少了一张五元钱的票子是干什么去了。我知道是我错了，我不该心血来潮私自拿钱去买书，五元钱对于一个贫寒家庭的日子来说是不小的数目。

　　挨完打后，我没有吃饭，拿着那四本书，跑回大栅栏的新华书店，好说歹说，求人家退了书。我把拿回来的钱放在父亲的面前，父亲抬头看了我一眼，什么话也没有说。

　　第二天晚上，父亲回来晚了，天完全黑了下来。母亲已经把饭菜盛好，放在桌子上，我们一家正等他吃饭。父亲坐在饭桌前，没有先端饭碗，而是从他的破提包里拿出了几本书，我一眼看见，就是那四本书，《李白诗选》《杜甫诗选》《陆游诗选》和《宋词选》。父亲对我说："爱看书是好事，我不是不让你买书，是不让你私自拿家里的钱。"

　　将近五十年的光阴过去了，我还记得父亲讲过的这句话和讲这句话时的样子。那四本书，跟随我从北京到北大荒，又从北大荒到北京，几经颠簸，几经搬家，一直都还在我的身旁。人栅栏里的那家新华书店，奇迹般地也还在那里。一切都好像还和童年时一样，只是父亲已经去世三十八年了。

春节写给母亲的信

　　一九七四年的春节，我是在北大荒过的。半年前，父亲突然去世，我回到北京陪母亲，一直没有再回北大荒。这一次，我是来办理调动返城的关系的，却没有想到赶上了暴风雪，无法回北京和母亲一起过年了。大年初一的晚上，我给母亲写了一封信。

　　这是我第一次给母亲写信，也是唯一的一次。母亲不识字，这是以前我没有给她写信的理由。但那一天，我责怪并质疑自己这个自以为是的理由。我的心里充满了牵挂，我们家姐弟三人，寥落四方，一个在内蒙古，一个在青海，一个在北大荒，以前即使我们都不在家，毕竟父亲在，而这个春节却是母亲生平第一次一个人形单影只地过。特别是这一天在北大荒，五个同学买了六十斤猪肉，美美地又吃又喝。第二天，也就是大年初二，我们几个同学还要回到我们最初插队落户的生产队，那里的人早早宰好了一头猪，要做一桌丰盛的杀猪菜，专门为我饯行。热闹的场景，红红火火的年味儿，让我越发想念家中的母亲，她一个人该怎么过这个春节呢？虽然几天前，我已经托一位离邮局最近的同学给她寄去四十元钱，希望能够在春节前寄到，但她那样一个节俭惯了的人，舍得花这笔钱吗？独自一人，又能用这钱买些什么呢？

天高路远，漫天飞雪中，我的心思被搅得飘荡不定。我从来没有像那一夜那样想念母亲，一种从来没有过的相依为命的感觉，袭上心头。我才意识到自己以前忽略了母亲，在我离开北京到北大荒的那六年里，没有一个春节是陪她过的。我自以为八千里外狂渔父，我自以为天涯何处无芳草，我自以为她总也不老而我永远年轻，我自以为只有自己的事情最重要，而她永远不会对我提什么要求。我不知道一个孩子的长大，是以一个母亲的老去，孤独地嚼碎那么多寂寞的夜晚为代价的。父亲的突然去世，才让我恍然长大成人，知道母亲那一头牵着风筝的线，风筝飞得再远，心也是被那一根线牵着。

那时候，我马上就二十七岁了。我才发现，以前我是多么不孝，而此刻我是多么地无能和无助。我没有任何其他的法子来排遣我的愁绪，来帮助和我天各一方的母亲，唯一可以做的，就是写一封信给她。按照传统的规矩，没过正月十五就都算是过年，我希望母亲能够在正月十五前收到它。

我给母亲写了一封信。她看不懂，就让我在北京的同学读给她听，让她知道我对她的想念和牵挂，希望她能够过一个好年。第二天清早，我托人顶着风雪以最快的速度到县邮局给母亲寄了一封航空信。

在这封信里，我告诉母亲我在北大荒的情况，告诉她：五个同学买了六十斤猪肉，另外还有几个同学已经宰好了一头猪，等着我去好为我送行。所有这一切，都是为了让她放心。同时，我问她北京下雪了吗，一个人出门一定要注意，路滑别跌倒了。我问她年过得怎么样，寄去的那四十元钱收到了吗。就把那钱都花了吧，特别嘱咐她：做饭做菜多做点儿，多吃点儿，多改善点儿伙食，不要怕花钱。我又告诉她我在京的两个特别要好也特别叮嘱过的朋友的电话，就写在月份牌上，一个在左面，一个在右面，有什么事就给他们两人打电话，有急事就让他们给我发电报……

我忽然发现，自己变得婆婆妈妈起来了。我从来没有对母亲这样细心过，而以前这样的细心都是母亲给予我的。这一封信写得我心里格外伤感和沉重。

我不知道母亲接到我写给她的这封信后是什么样的心情。事后朋友告诉我，他到家里看望母亲的时候，母亲拿出了这封信让他读后，只是笑着说了句："五个人买六十斤猪肉，怎么吃呀！"我从北大荒回到北京，她也没有再提及这封信。一九八九年的夏天母亲去世之后，我在她的遗物中发现了这封信，她把信封和信纸都保存得好好的，平平整整地压在她的包袱皮里。

我从小就知道这个蓝色的包袱皮，母亲很宝贝它，所以我从来都没有动过它，猜想里面包着她的"金银细软"。那天我打开它，发现里面包着的是：她已经不算年轻时候的和她的老姐姐的一张合影，一件不知是什么年代的细纺绸的小褂，几十斤全国粮票和几百块钱（那是我有时候出门留给她的零花钱），还有就是这封信。

父亲的三件宝贝

我小时候亲眼看到，父亲有三件宝贝。这三件宝贝都挂在我家的墙上。

一件是一块瑞士英格牌的老怀表。父亲从来没有揣在怀里过，却一直挂在墙上当挂钟用。那时候，家里没有钟表，就用它来看时间。我和弟弟小时候常常会爬上椅子，踮着脚，把老怀表摘下来，放在耳朵边，听它嘀嘀嗒嗒的响声，觉得特别好玩。

一件是一幅陆润庠的字，字写的什么内容，一点儿印象都没有了，只是听父亲讲过，陆润庠是清朝的大学士，当过吏部尚书，是溥仪的老师。另一件是郎世宁画的狗，这个人是意大利人，跑到中国来，专门待在宫廷里画画。他画的狗是工笔画，装裱成立轴，有些旧损，画面已经起皱了，颜色也已经发暗，但狗身上的绒毛根根毕现，像真的一样，背景有树，枝叶茂密，画得很精细。

我不知道这两幅字画，父亲是怎样得来的，是什么时候得来的，从字画陈旧且保存不好的样子看，再从父亲喜爱又熟悉的样子看，应该年头不短了。

我猜想，父亲并不是为附庸风雅，或真的喜欢字画。他只是喜欢两幅字画的名气。值钱，使得这两幅字画的名气在父亲的眼睛里更形象化。父亲就是一个俗人。在一面墙皮暗淡甚至有些脱落的墙上，挂这样的字画，多少显得有些不伦不类。不过，这种不伦不类，让父亲暗暗自得。在税务局里所有二十级每月拿七十元工资而且始终也没有增长的同一类职员里，父亲是得意的，起码，他拥有陆润庠、郎世宁的作品，还有另一位，就是他的老乡——纪晓岚的作品。

墙上的这两件宝贝，常常是父亲向我和弟弟炫耀他学问的教材。同时，也是父亲借此教育我和弟弟的机会。父亲教育我们的理论就是人生在世要有本事，所谓艺不压身。不管什么本事都行，就是得有本事，像陆润庠不当官了，写一手好字，照样可以活得挺好；而郎世宁画一手好画，在意大利行，跑到中国来也行。父亲常会由此拔出萝卜带出泥，由陆润庠和郎世宁说出好多名人，比如，他会说，同样靠一张嘴，练出本事，陆春龄吹笛子，侯宝林说相声，都成为雄霸一方的能人。本事有大有小，小本事有小本事的场地，大本事有大本事的场地，就怕什么本事都没有，只有人家吃肉你喝汤了。

在我小的时候，父亲并不像我长大以后那样不怎么爱说话，而是话很多，用我妈的话说是一套一套的，也不怕人家烦。

在父亲的教育理论中，这种成名成家的思想很严重。我大一点儿的时候，曾经当面反驳过他，他并不以为然，反而问我："不是成名成家，而是说本事大，对国家的贡献就大。你说说，到底是一个科学家对国家贡献大，还是一个农民对国家贡献大？"我回答不上来，觉得他讲的这些也有些道理：一个科学家造原子弹，成功，对国家的贡献，当然比一个只种出几百斤几千斤粮食的农民要大。但是，在我长大以后，还是把小时候听到的父亲的这些言论当成了反面材料，写进我入团的思想汇报里，在那些思想汇报里，我对父亲进行了批判。

现在回想起来，父亲的这些言论，一方面潜移默化地激励我学习，另一方面又成为我进步的垫脚石。父亲的这些话，一方面成为开放在我学习上的花朵，另一方面又成为笼罩在我思想上的乌云。在那个年代里，我的内心其实是有些分裂的。在这样的分裂中，对父亲的亲情被蚕食；父亲的教育理论，作为批判的靶子，常常冷冰冰地矗立在面前，可以随时为我所用。

父亲教育我和弟弟的另一个理论，也曾经潜移默化地影响着我，那就是他常说的本事是刻苦练出来的。那时，他常说的口头语是："要想人前显贵，就得背后受罪；吃得苦中苦，才能享得福中福；小时候吃窝头尖，长大以后做大官。"

如果我考试得了九十九分，父亲就会问我，你们班上有考一百分的吗？我说有，父亲就会说，那你就得问问自己，为什么人家考了一百分，你怎么就没有考一百分？一定是哪些地方复习得不够，功夫没下到家！你就得再刻苦！

父亲教育我和弟弟的方法，就是不厌其烦。父亲的脾气很好，是个慢性子，砸姜磨蒜，一个道理，一句话，反复讲。有时候，我和弟弟都躺下睡觉了，他站在床边，还在一遍又一遍地讲，一直讲到我和弟弟都睡着了，他还在讲，发现我们睡了之后，才不得不停住嘴巴，替我们关上灯，走出屋子。

弟弟不怎么爱学习，就爱踢足球，父亲不像说我一样说他，觉得说也没有用，便由着弟弟的性子，让他踢足球。弟弟磨父亲给他买一双回力牌的球鞋，那是那个年代里最好的球鞋，一双鞋的价钱，比一双普通的力士鞋贵好多。父亲咬咬牙，还是给他买了一双。这对父亲来说，是不容易的，在我和弟弟的眼里，他从来是以抠门儿而著称的，很难让他从衣袋里掏出钱来。我读中学的时候，他每月只给我三元钱，买公共汽车月票就要两元，我便只剩下可怜巴巴的一元钱。过春节的时候，弟弟要买鞭炮，他会说："你买鞭炮，自己拿着香去点鞭炮，还害怕；你放炮，别人在一旁听响，所以，傻小子才买鞭炮放。"他有他的花钱的逻辑和说辞，我和弟弟常在背后说他是要饭的打官司——没得吃，总有的说。

从王府井北口八面槽的力生体育用品商店买回一双白色高帮回力牌的球鞋，弟弟像得了宝，穿在脚上，到处显摆，父亲对他说，给你买了这双鞋，是要你好好练习踢足球，不管学什么，既然学，就一定把它学好！对于我和弟弟，在我们渐渐长大了以后，父亲采取的教育策略也相应进行了调整和改变，他不再说那些大道理和口头语。说得好听一些，他是因材施教；说得通俗一些，就是什么虫就让它爬什么树。他认定了弟弟不是学习的料，既然喜欢踢球，就让他好好踢球吧，兴许也能踢出一片新天地。

弟弟没有辜负父亲给他买的那双回力牌球鞋，初一时，终于参加了先农坛业余体校的少年足球队。弟弟从业余体校回来，很兴奋地对父亲说，教练说了，我们练得好的，初中毕业就可以直接升入北京青年二队。父亲听了很高兴，鼓励他，把足球踢好也是本事，你看人家张宏根、史万春、年维泗，要好好练出人家一样的本事！

我家墙上的陆润庠和郎世宁的作品，就这样成了父亲教育我和弟弟的药引子，可以引出无数的说法，变着法儿来说明他的教育理论。

二十世纪六十年代，我读初中，父亲突然病了。那正是全国闹天灾人祸的时候，连年的灾荒，粮食一下子紧张起来，我家又有弟弟和我两个正长身体的男孩子，粮食就更不够吃，每个人每月定量，在我家，每顿饭要定量，要不到月底就揭不开锅。因此，每顿都吃不饱肚子。父亲和母亲都尽量省着吃，让我和弟弟吃，仍然解决不了问题。

有一天，父亲不知从哪里买来了好多豆腐渣，开始用豆腐渣包团子吃。团子，是用棒子面包着馅的一种吃食，类似包子。开始的时候，掺一些菜在豆腐渣里，还好咽进肚子里。后来，包的只是豆腐渣，那东西又粗粝又发酸，吃一顿两顿还行，天天吃，真有些受不了。可是，父亲却天天在吃豆腐渣，中午带的饭也是这玩意儿，最后吃得浑身浮肿，连脚面都肿得像水泡过的一样。单位给了一些补助，是一点儿黄豆。但是，这点儿黄豆，已经远远弥补不了父亲营养的严重欠缺，他开始半休。等他的身体稍稍恢复了以后，他的工作被调整了。

但是，父亲一直没有对我们说，他是怕我们为他担心，也是怕自己的脸面不好看。直到有一天，我发现父亲下班回来没骑他的那辆自行车，才发现了问题。原来，父亲把这辆自行车推进委托行卖掉了。

父亲的那辆自行车，就像侯宝林说的相声里那辆除了铃不响哪儿都响的破老爷车，一直是父亲的坐骑。父亲所在的税务局是在西四牌楼，从我家坐公共汽车，去一趟要五分钱的车费，来回一角钱，父亲的这个坐骑，可以每天为父亲省下这一角钱。现在，这个坐骑没有了，他要每天走着上下班了。大约就在这个时候，姐姐来了一封写得很长的信，家里一下子平地起了风波。姐姐想把我接到呼和浩特她那里上学，这样，家里少了一个人的开销，特别是我读中学之后，又想要买书，花费就更大一些，姐姐想用这样的方法，帮助父亲解决一些困难。

我不知道自己的命运会有怎样的变化，打内心里，我很想念姐姐，能够到呼和浩特去，就可以天天和姐姐在一起了。只是，离开北京，离开熟悉的学校和同学，我又有些舍不得。而且，到一个陌生的新学校去，又有些担忧，况且，我们的学校是一所百年老校，是北京市的十大重点中学之一，姐姐帮我选择的学校是他们铁路的子弟中学，教学质量肯定不如我们学校。我拿不定主意，就看父亲最后怎么决定了。

父亲没有同意，他没有像我这样瞻前顾后，他以果断的态度给姐姐回了一封信，不容置疑地回绝了姐姐的好意。这对于一辈子优柔寡断的父亲而言，是唯一一次毅然决然的决定。或许，这是父亲性格的另一面，在年轻时的军旅生涯中有所体现，只是那时还没有我，我不知道罢了。

父亲在给姐姐的信中说，他可以解决眼下的困难，他还是希望把我留在北京，以后在北京考大学，各方面的条件都会更好些。

姐姐没再坚持。其实，姐姐和父亲都是性格极其固执的人，如果不是固执，姐姐不会主意那么大，那么不听人劝，十七岁时就独自一人跑到内蒙古，在风沙弥漫的京包铁路线上奔波了一生。当时，我猜想，姐姐一定明白，在父亲的心里，我的未来分量很重，亲眼看到我考上大学，是父亲一直的期待。姐姐也一定明白父亲的想法，因为她只读了小学四年级，便开始参加工作了，父亲一直笃信自己的教育水平，不会相信她，更不会放心把我交到她的手里。

在我长大以后，我的想法有了改变，我猜想，除了对姐姐的不信任和希望亲眼看到我考上大学之外，他的心里一定在想，已经把一个女儿送到塞外了，不能再把一个儿子也送到塞外。在父亲的眼里和懂得的历史中，尽管呼和浩特是一座城市，但毕竟无法和首都北京相比，怎么说，那里是昭君出塞的地方。

我留在了北京。父亲继续步行，从前门到西四上班。日子，似乎又恢复了平静。只是，粮食依然不够吃，每月月底，是最紧张的时候，面对两个正在长身体的男孩子，父亲和母亲常常面面相觑，一筹莫展。

没有过多久，我发现墙上的那块英格牌的怀表也没有了。

又没过多久，墙上的陆润庠的字和郎世宁的狗，也都没有了。

我知道，它们都被父亲卖给了委托行。那时，我妈吐血，为给我妈治病，也为治他自己的浮肿，要买一些黑市上的高价食品，父亲不得不卖掉了他仅有的三件宝贝。

我知道，父亲是希望用这样的方法，补我妈的身体，更为挽救自己江河日下的身体，以便能尽快恢复原来的工作。

可是，这三件宝贝没有挽救得了父亲的身体。黄鼠狼单咬病鸭子，他的身体状况下滑得厉害，而且，又患上了高血压。税务局让他提前退休了。那一年，他五十七岁，离退休还有三年。

退休那一天，我去税务局接父亲，顺便帮助他拿一些东西。我才发现，他被调整的工作，不再是税务，而是税务局下属的第三产业，生产胶木产品的一个小工厂。在税务局旁边胡同里的一个昏暗的车间里，我找到了父亲，他正系着围裙，戴着一副白线手套挑胶木做的电源开关。听见同事叫他的名字，他抬起头来看见了我，站了起来，和同事打过招呼之后，和我一起走出车间。我能感受到，车间里几乎所有的人的目光都落在我和父亲的身上。我不清楚那些目光的含义，是替父亲惋惜、悲伤，还是有些幸灾乐祸？

那一天，我和父亲从西四一直走到前门，一路上，我和父亲什么话也没有说，就这么默默地走在车水马龙的大街上，想象着从新中国成立以后他一直是骑着自行车上班下班来往于这条大街上的。现在，工作没有了，自行车也没有了。我知道，父亲的心里一定很痛苦，他一定没有想到他自己会以这样的一种方式，告别了工作，提前进入了拿国家养老金的人的行列。他一定不甘心，又一定很无奈。

我一直在想，按照父亲的教育理论，他这一辈子算是有本事的呢，还是没有本事的呢？如果说没有本事，父亲是凭着初小的文化水平，靠着自己的努力，从国民政府到新中国成立以来，一直是胜任这一份工作的。如果说有本事，他却最后沦落到做胶木电源开关的地步，和他原来所学所干的工作相去甚远。他是被身体打败的呢，还是由于身体的原因而被单位借此顺坡赶驴一样赶下了山？父亲从来没有和我谈论过这些，而在那个年代，我也没有能力思考这一切，相反觉得让父亲提前退休，是组织对他的格外照顾。

很久以后，也就是父亲去世之后，税务局的工会派来一位老人来家里进行慰问。因为这位老人在税务局工作的年头很长，曾经和父亲一起共事，对父亲有所了解。他对我说起父亲，说父亲脾气倔，工作认死理，他去人家单位收税的时候，据理力争，虽然得罪人，但是总能把税给收上来。

父亲退休以后，开始练习气功和太极拳，他做事有定力和恒心。那时候，因为父亲提前退休，每月只能拿百分之六十的工资，四十二元钱，家里的生活一下子变得更加拮据，便把原来的三间住房让出一间，节省一些房租。家里就剩下两间屋子，清晨，是父亲练太极拳的时候；晚上，是父亲练气功的时候。雷打不动，无论什么情况，他都能坚持，特别是晚上，无论我和弟弟在外屋复习功课或说笑打闹有多吵多乱，他都会一个人在里屋练气功，站桩一动不动。

父亲的举动，让我很受触动。不仅是由于他的耐性和坚持，更是由于他的提前退休，让家里的日子变得更加艰难。我本想读高中将来考大学的，在初中即将毕业的时候，把这个念头打消了，想考一所中专或师范学校，上学可以免去学费，又能管吃住，帮助家里解决一点儿负担。父亲知道后，坚决不同意，说："砸锅卖铁也要供你上大学。你弟弟不爱读书也就算了，你学习成绩一直不错，绝不能因为我耽误了你！"

姐姐知道了这些，每月从她的工资里拿出二十元寄来，说是补齐父亲退休前的工资，一定要我读高中，考大学。

当我如愿考上了理想的高中，父亲多日阴云笼罩的脸上露出了笑容。

　　读高中的时候，我迷上了文学。我常常在星期天逛旧书店。那时候，北京几家有名的旧书店，琉璃厂、东安市场、隆福寺、西单商场……我都去过。西四的旧书店，也是我常去的地方。父亲工作过的税务局，就在书店旁边，路过税务局大门的时候，我就想起父亲，想起父亲退休的那一天我来接父亲的情景，心里总会涌出一种酸楚的感觉。我都会暗暗地想，一定要好好读书，考上一所好大学，为父亲的脸面争光。

　　我儿子读高中的时候，我曾经带着他到西四一趟，西四牌楼早就没有了，过西四新华书店不远，税务局还在，大门依旧。我指着这扇大门对儿子说："你爷爷以前就在这里工作。"

未上锁的皮箱

童年和少年，是永远回忆不完的，像是永远挖不平的大山。

那时，我们因节节拔高而常常看不起目不识丁的妈妈，常常会在不知不觉中忘记了她的存在。当一切过去了，才会看清楚过去的一切，如同潮水退后的石粒一般，格外清晰地显露出来。

小学高年级，我的自尊心，其实是虚荣心，突然胀胀的，像爱面子的小姑娘。妈妈没文化，针线活做得也不拿手，针脚粗粗拉拉的。从她来以后，我和弟弟的衣服、鞋都是她来做。衣服做得像农村孩子穿的，但洗得干干净净。这时候，我开始嫌那对襟小褂土，嫌那前面没有开口的缅裆裤太寒碜，嫌那踢死牛的棉鞋没有五眼可以系带……我开始磨妈妈磨爸爸给我买商店里卖的衣服穿。这居然没有伤了她的心，她反倒高兴地说："孩子长大了，长大了！"然后，她带我们到前门外的大栅栏去买衣服。上了中学以后，她总是把钱给我，由我自己去挑着买。而她只是在衣服的扣子掉了的时候帮我补上，衣服脏的时候在那大瓦盆里洗不完地洗。

我甚至开始害怕学校开家长会，怕妈妈踩着小脚去，怕别人笑话我。我会千方百计地不要她去，让爸爸参加。如果实在没有办法，她必须去，我会在开会前害羞得很，会后又会臊不嗒嗒的，仿佛很丢人。前后几天，心都紧张得很，皱巴巴的，怎么也熨不平。其实，她去学校开家长会的机会很少，但我仍然害怕，我实在不愿意她出现在我们学校里。反正，那时我真够浑的。

一年暑假，我磨着要到内蒙古看姐姐。爸爸被我折磨得没办法，只好答应了。听说学校开张证明，便可以买张半价的学生火车票。爸爸去了趟学校，碰壁而归。校长说学生只有去探望父母才可以买半价学生票，看姐姐不行。我知道那位脸总是像刷着糨糊一样绷得紧紧的校长，他说出的话从来都是钉天的星。我们谁见了他都像耗子见了猫一样，躲得远远的。

妈妈说："我去试试！"

我不抱什么希望，果然她也是碰壁而归。不过她不是就此罢休，接着再去，接着碰壁。我记不清她究竟几进几出学校了。总之，一天晚上，她去学校很晚没回家，爸爸着急了，让我去找。我跑到学校，所有办公室都黑洞洞的，只有校长室里亮着灯。我走到校长室门边，没敢进去。平日，我从没进过校长室。只有那些违反校规、犯了错误的同学才会被叫进去挨训。我在门口听听里面有什么动静，没有，什么动静也没有。莫非没人？妈妈不在这里？再听听，还是没有一点儿声响。我扒在窗户缝瞅了瞅，校长在，妈妈也在。两人演的是什么哑剧？

我不敢进去，也不敢走，坐在门口的石阶上等。不知过了多长时间，校长的声音吓了我一跳："大妈！我算服了您了！给您，证明！我可是还没吃饭呢！"接着就听见椅子响和脚步声，吓得我赶紧兔子一样跑走，一直跑出学校大门。我站在离校门口不远路灯下，等妈妈出来，老远就看见她手里攥着一张纸，不用说，那就是证明。

她走过来，我叫了一声："妈！"愣愣的，吓了她一跳，一见是我，把证明递给我："明儿赶紧买火车票去吧！"

回家的路上，我问她："您用什么法子开的证明呀？"我觉得她能把那么厉害的校长磨得好说话了，一定有高招儿。

她微微一笑："哪儿有啥法子！我磨姜捣蒜就是一句话，复兴就这么一个亲姐姐，除了姐姐还探啥亲？不给开探亲证明是哪个道理？校长不给开，我就不走。他学问大，拿我一个老婆子有啥法子！"

"妈！您还真行！"

说这话，我的脸好红。我不是最怕妈妈去学校吗？好像她会给我丢多大脸一样。可是，今天要不是她去学校，证明能开回来吗？

虚荣心伴我长大。当浅薄的虚荣一天天减少，我才像虫子蜕皮一样渐渐长大成人。而那时候，我懂得多少呢？在我心的天平上，一头是妈妈，一头却是姐姐。尽管妈妈为我付出了那样多，我依然有时忘记了妈妈的情意，而把天平倾斜在姐姐的一边。莫非血脉中某种遗传因子在作怪吗？还是心中藏有太多的自私？

　　大约在小学六年级那一年，我做了一件错事。姐姐逢年过节都要往家里寄点儿钱。那一次，姐姐寄来三十元。爸爸把钱放进一个牛皮小箱里。那箱子是我家最宝贵的东西，所有的"金银细软"都装在里面。那所谓的"金银细软"，无非是爸爸每月领来的七十元工资，全家的粮票、油票、布票之类。我一直顽固地认为：姐姐寄来的钱就是给我和弟弟的。如果没有我和弟弟，她是不会寄钱来的。爸爸上班后，我趁妈妈不在家的时候，走近那棕色的小牛皮箱。箱子上只有一个铜吊镙，没有锁头，轻轻一掀，箱盖就打开了。我记得挺清楚，五元一张的票子共六张，躺在箱里，我抽走一张跑出了屋。那时，我迷上了文学，尤其是古典诗词。我从同学手里借了一本《千家诗》，全都抄了下来，觉得不过瘾，想再看看新的。手中有五元钱一张"咔咔"直响的票子，我径直跑往大栅栏的新华书店。那时五元钱真禁花，我买了一本《宋词选》、一本《杜甫诗选》、一本《李白诗选》、一本《陆游诗选》，还剩一元多零钱。捧着这四本书，我像个得胜回朝的将军得意扬扬回到家，一看家里没人，把书放下便跑到出租小人书的书铺，用剩下的钱美美地借了一摞书。我忘记了，那时五元钱对于一个每月只有七十元收入的家庭意味着什么。那并不是一个小数字。

　　我正读得津津有味，爸爸突然走进书铺。我这才意识到天已经暗了下来。发现爸爸一脸怒气，叫我立刻跟他回家。一路上，他走在前面，我跟在后面，活像犯了错的小狗，耷拉着耳朵垂着尾巴。

我知道大事不好。果然，刚进家门，爸爸便忍不住，把我一把摁在床上，抄起鞋底子狠狠地打在我的屁股上。爸爸什么话也不讲。我不哭，也没有叫。我和爸爸都心照不宣，我心里却在喊："姐姐！姐姐！你寄来的钱是给谁的？是给我的！我的！"

这是我生平头一次挨打，也是唯一一次。

妈妈就站在旁边。她一句话也没说，就那么看着，不上来劝一劝，一直看着爸爸打完了我为止。

吃饭时，谁也不讲话，默默地吃，只听见嚼饭的声音，显得很响。妈妈先吃完饭，给爸爸准备明天上班带的饭，其实我天天看得见，但仿佛这一天才看清楚：只是两个窝头、一点儿炒土豆片而已。爸爸每天就吃这个。大冬天，刮多大风、下多大雪，也要骑车去，不肯花五分钱坐车，我却像大爷一样把五元钱大把大把地花。我忽然感到很对不起爸爸，觉得是我错了，我活该挨打。妈妈不劝也是对的，为的是我长个记性。

饭后，爸爸叮嘱妈妈："明儿买把锁，把小箱子锁上！"

第二天，那个棕色小皮箱没有上锁。

第三天，妈妈仍然没有锁上它。

在以后的岁月里，那箱子对我始终没有上锁。为此，我永远感谢妈妈。那是一位母亲对一个犯错误的孩子的信任。对于儿子，只有母亲才会把自己的一切向他敞开着……

生命不仅属于自己

母亲已经去世十几年了，怪得很，还是在梦中常常见到，而且是那样清晰，母亲一如既往地绽开着皱纹纵横的笑容向我说着什么。一个人与一个人的生命就这样系在一起，并不因为生命的结束而终止。

在母亲的晚年，曾经得过一场幻听式的精神分裂症，把她和我都折腾得不轻。记得那一年母亲终于大病初愈，那时，我刚刚大学毕业留在学校里教书。好几年一直躺在病床上，母亲消瘦了许多，体力明显不支，但总算可以不再吃药了，我和母亲都舒了一口气。记不得是哪一天的清晨，我被外屋的动静弄醒，忽然有些害怕。因为母亲以前患幻听式的精神分裂症时，常常就是这样在半夜和清晨时突然醒来跳下床，我真是生怕她旧病复发，一颗心禁不住一下子提到嗓子眼儿。我悄悄地爬起来往外看，只见母亲穿好了衣服，站在地上甩胳膊伸腿弯腰的，有规律地反复地动作着，那动作有些笨拙和呆滞，却很认真，看得出，显然是她自己编出来的早操，只管自己练就是，根本不管也没有想到会被人看见。我的心里一下子静了下来，母亲知道锻炼身体了，这是好事，再老的人对生命也有着本能的向往。

大概母亲后来发现了她每早的锻炼吵醒了我，便到外面的院子里去练她自己编排的那一套早操，她的胳膊、腿比以前有劲多了，饭量大了，蓬乱的头发也梳理得整齐多了。正是冬天，清晨的天气很冷，我对母亲说："妈，您就在屋子里练吧，不碍事的，我睡觉比较沉。"母亲却说："外面的空气好。"

也许到那时我也没能明白母亲坚持每早的锻炼是为了什么，以为仅仅是为了她自己大病痊愈后生命的延续。后来，有一次我开玩笑地说她："妈，您可真行，这么冷，天天都能坚持！"她说："咳，练练吧，我身子骨硬朗点儿，省得以后给你们添累赘。"这话说得我心头一沉，我才知母亲所做的一切是为了孩子，她把生命的意义看得这样直接和明了。在以后的很多日子里，我常常想起母亲的这话和她每天清早锻炼身体的情景，便常让我感动不已。一直到母亲去世的那一天，她都没有给孩子添一点累赘。母亲无疾而终，临终的那一天，她如同预先感知即将到来的一切似的，将自己的衣服包括袜子和手绢都洗得干干净净，整齐地叠放在柜子里。她连一件脏衣服都没有给孩子留下来。

也许，只有母亲才会这样对待生命。她将生命不仅仅看成自己的，而且关系着每一个孩子，她就是这样将她的爱通过生命的方式传递着。

    我们常说一个人和另一个人的感情是可以相通的，其实，一个人和另一个人的生命更是可以相连的。

／肖 复 兴 散 文 精 选／

总有一些瞬间温暖远去的曾经

回忆中，

总有一些瞬间，

能温暖远去的曾经。

鱼鳞瓦房顶上看北斗七星

老院的房顶上，铺着鱼鳞瓦。用脚踩在上面，没觉得什么，坐在上面，有点儿硌屁股。

可能是童年没有什么可玩的，爬房顶成了一件乐事。开始跟着院子里的大哥哥大姐姐一起爬，后来，我一个人也常常会像小猫一样爬上房顶。尤其是夏天的晚上，吃完晚饭，做完作业，我总会悄悄地溜出屋，一个人上房，坐在鱼鳞瓦上，坐久了，也就不觉得硌屁股了。

不知道为什么我总爱爬到房顶上去。那里真的那么好玩吗？或者有什么东西吸引着我吗？除了瓦片之间长出的狗尾巴草，和落上的鸟屎，或者飘落的几片树叶，没什么东西。不过，站在上面，好像自己一下子长高了好多，家门前的那棵大槐树，和我一般高了。再往前面看，西边的月亮门，月亮门里的葡萄架，都在我的脚下了。再往远处看，胡同口的前门楼子，都变得那么矮、那么小，像玩具一样，如果伸出手去拿着它，能把它抱在怀里。

房顶上面，很凉快，四周没有什么遮挡，小风一吹，挺爽快的，比在院子里拿大蒲扇扇风要凉快。

风大一点的时候，槐树的树叶被摇得哗啦啦响。我会从裤兜里掏出手绢——那时候，每天上学，老师都检查你带没带手绢——迎着风，看着手绢抖动着，鼓胀着，像一面招展的小旗子。

有时候，我也会特意带一张白纸来，叠成一架纸飞机，顺着风，向房后另一座大院里投出去。看着纸飞机飘飘悠悠，在夜色中起起伏伏，像是夜航，最后不知道降落到那座大院的什么地方。

那座大院里，住着我的一位同学。别的班上卫生委员都是女同学，别看他是男的，却是我们班上的卫生委员。他坐我的座位后面，有一次，上课铃声响了，我才想起忘记带手绢了，有些着急，他从后面递给我一条手绢，悄悄地说他有两条。这样，躲过了老师的检查，我还给他手绢，谢了他。手绢用红丝线绣上了他的名字。幸好，老师只是扫了一眼，要是仔细看，看见了他的名字，就麻烦了。

我希望，纸飞机落在他家的门前，明天一清早，他上学时出门一眼能够看到，从地上捡起来，一定会有点儿惊奇，不会猜得到是我叠的飞机，特意放飞到他家的院子里。后来，我想，要是飞机真能那么准飞落到他家的门前，又那么巧被他捡起来，我应该在飞机上面写几个字。写什么呢？我瞎琢磨开了，琢磨半天，也不知道写什么好。

坐在房顶上，没有一个人，白天能看到的房子呀树呀花草呀积存的污水呀堆在院子里乱七八糟的杂物呀……这所有的一切，都变成了黑乎乎的影子，看不大清楚，甚至根本看不见了。院子里嘈杂的声音也变得朦朦胧胧、轻飘飘的了，周围显得非常安静，静得整个院子像睡着了一样。

更多的时候，我就是这样无所事事，东一榔头西一棒子胡思乱想。有时候，也会想娘，但想得更多的是姐姐。娘过世几年了，姐姐就离开我和弟弟几年了。忽然觉得时间那么长，姐姐离我是那么远。

站在房顶上，视野开阔，能看得到前门楼子前面，靠近我们胡同这一侧北京火车站的钟楼。姐姐就是从那里坐上火车离开北京去内蒙古的，每一次从内蒙古回家看我们，也是从那里下的火车。每一次回内蒙古，也是从那里上的火车。有时候，能看到夜行的列车飞驰的影子，车窗前闪烁的灯火，像萤火虫那样的微小朦胧；车头喷吐出白烟，像长长的白纱巾，不过，很快就被夜色吞没了。

更多的时候，我只是默默地望着夜空，胡思乱想，或想入非非。老师曾经带我们参观过一次动物园对面的天文馆。在那里，讲解员讲解了夜空中的很多星星，我只记住了北斗七星的位置，像一把勺子，高高地悬挂在天空之北。天气好的时候，我一眼就能找到北斗七星，感觉它们就像是在对着我闪烁，像见到老朋友一样，一直等着我来找它们，让我涌出一种亲切的感觉。

　　有雾或者天阴的时候，雾气和云彩遮挡住了北斗七星，天空一下暗淡了很多。浓重如漆的夜色，像一片大海，波浪暗涌，茫茫无边，找不到哪里是岸，显得那样神秘莫测。

　　房顶上，更显得黑黝黝的，只有瓦脊闪动着灰色的反光，像有什么幽灵在悄悄地蠕动。眼前那棵枝叶繁茂的大槐树，影子打在墙上和房顶上，风吹过来，树在摇晃，影子也在摇摇晃晃，树哗哗响，影子也在哗哗响着，像在大声喧哗，树和影子争先恐后说着一些我听不懂的话。

　　这时候，我有些害怕，忍不住想起院子里的大哥哥大姐姐曾经讲过的鬼故事。越想越害怕，便想赶紧从房顶上爬下来，但脚有点儿发软，生怕一脚踩空，从房上掉下来，便坐在那里，不敢动窝儿。

　　有一天晚上，就在这样心里紧张不敢动窝儿的时候，突然，身后传来了砰砰的声响。无星无月的浓重夜色中，那声音急促而沉重，一声比一声响，一声比一声近。我很害怕，怕真的有什么鬼蓦然出现，赶紧转过身去，不敢朝声音发出的地方看。

　　这时候，一个黑影出现在我的面前，叫了我一声："哥！"

　　原来是弟弟。

　　他对我说："爸找你，到处找不着你，让我出来找！我就知道，你一准儿在这里。"然后他又说了句："我好几次看见你一个人爬到房顶这里来了。"

　　那天，我和弟弟没有着急从房顶上下来。我问清父亲找我没什么大事，便拉着他一起坐在房顶的鱼鳞瓦上，东一榔头西一棒子地聊起来。在家里，我们很少这样聊天，更别说坐在房顶上聊天了。我总觉得他太小。

他问我："你总爱一个人坐在房顶上干什么呀？"我没有回答他的问题，而是问他："你认识北斗七星吗？"他摇摇头。

我告诉他北斗七星很亮，要是有一天迷路了，找不到回家的方向了，你看到了北斗七星，就能找到回家的路了。他便让我告诉他夜空中北斗七星在哪儿。可惜，那天天阴，看不到一颗星星。

水房前的指甲草

　　我原来住的大院，是老北京一座典型的三进三出的大四合院，每个院落自有围墙和院门，然后，有东西两道厢房。中间的院子很特别，多出东西两侧的各一间房子，分别是当年的水房和厨房。自来水原来在水房里，后来搬进来的人家一多，房子不够住，水房便成了住房，水龙头被移到了窗外。

　　我读初中二年级的时候，大院搬进了一户姓商的人家，他家的先生在银行里做事，太太没有工作，有三个女儿，年龄分别相差有三四岁的样子，老闺女比我小三岁。奇怪的是，两个姐姐穿戴都十分漂亮，只有她永远一身灰了吧唧的旧衣服；更奇怪的是，他们一家人分别住在东厢房里，只有老闺女住在水房里。那时，水房已经被他们家改造成了厨房。

　　入院里那些好奇而快嘴的大婶和婆婆私下议论，老闺女不是商太太亲生的，是商先生的私生女，所以才遭受如此待遇。也有人说，是因为老闺女长得难看。这个疑团，到现在也没有弄清。对比两个姐姐，她是长得难看，瘦小枯干，像根豆芽菜。但她有个好听的名字，叫曼丽。

那时，她上小学三四年级吧，放学回来就系上围裙，开始干活儿。她妈妈总是颐指气使地让她干这干那，她爸爸在一旁，屁也不敢吭一声。这么小的年纪，干这么多的活儿，有时候她妈妈还嫌她干得不好，举手就打，简直比保姆还不如。街坊们没少骂商家两口子。最让人看不过去的，是晚上睡觉，让曼丽睡在厨房里不算，还没有床，只能睡在吃饭用的小石桌上，连腿都伸不开。

显然，曼丽是他们家的"灰姑娘"。

曼丽很少和我们一起玩，也很少和邻居们说话，因为她总是在干活儿。我们也很少见到她和她的两个姐姐一起玩，或一起说话，好像她们没有一点儿血缘关系，只是陌生人。即使是陌生人，见了面也应该打个招呼吧。但那两个姐姐只会像她们的妈妈一样，像吆喝一条狗一样吆喝她，指挥她替她们拿这拿那的。当时，我真的非常奇怪，这两个姐姐怎么和她们的妈妈是一个模子里刻出来似的？即便她真的是一个私生女，就该是她的原罪要惩罚她到底吗？那时候，我刚刚读完美国作家霍桑的小说《红字》，心想那是她们刻在她脸上的"红字"，成心要羞辱她。她却是那样逆来顺受，好像一切就应该这样。

曼丽唯一的爱好，是养了一盆指甲草，说是盆，其实就是她家一个打碎了的腌菜罐子。这种草本的花，很好养活，埋在土里几粒花籽，几场雨后，一夏天就能开满星星点点的小红花。小姑娘都爱把指甲花用手捻碎了涂在指甲上臭美。曼丽也不例外，用指甲花染红自己的指甲，却被她妈妈看见，劈头盖脸骂了她一顿，非逼着她洗掉。而她的两个姐姐十指涂抹得猩红猩红的，却不见她妈妈的任何反应。

我们大院的孩子都替曼丽鸣不平，也曾经大义凛然地联名写信告曼丽的妈妈，我也在上面签了名。我们说，起码三个姐妹一视同仁，不应该让曼丽再住在水房的小石桌上。信寄到派出所，来了一个女警察到她家。那一天，我们都很兴奋，等待着信能像一枚爆竹爆炸，蹿起冲天的烟火，可以好好教育教育这个恶老太太。第二天，这个恶老太太就站在水房门口跺着脚地大骂："谁家的孩子有人养没人管，狗揽八泡屎，跑到老娘头上动土……"后来，警察不来了，事情不了了之，她家形势依旧。曼丽依然住在水房里，睡在小石桌上。

我们不甘心，夜里常爬上房，踩她们家的屋顶，学猫叫，吓唬她们。要不就是看见曼丽的妈妈要上厕所了，我们提前钻进厕所里，关上门，让她着急，再怎么拍打厕所的门，我们就是不开。大院里就这么一个公共厕所，我们管这种方法，叫作"憋老头儿""憋老婆儿"。那时候，我们就是这样可笑，无能为力，只能忍住大人们的骂，干这样可笑的事情。

而对于曼丽，我们都是同情她的。那时，我们常恶作剧偷走别人家摆在窗前的花呀、鞋呀，然后丢到别处，让人家着急到处乱找。但我们从来没有动过一次曼丽摆在水房前的指甲草。有一次，她妈妈嫌弃她的指甲草破破烂烂，把花扔进了垃圾桶。我们捡了回来，重新放在水房的窗前。曼丽看见了指甲草，冲我们笑了笑。那是我很少见到的她的笑脸。

我刚上高中一年级的秋天，一天放学，突然听到曼丽死亡的消息，说是从护城河捞上来她的尸体，全身都被水泡肿了。全院里的人，谁也不知道她是为什么而死的，但谁又都清楚她是为什么而死的。我们大院的孩子们，对商家一家，尤其是对老太太充满了憎恶。谁知他们一家却跟什么事情都不曾发生过一样，没过多久，便在水房边上盖起了一间厨房，把水房里曼丽用过的一切东西，包括那张小石桌和那盆指甲草全部扔掉，然后重新装修一番，上了方砖，作为他们家的客厅。那时候，她家的大女儿正搞对象，天天晚上在里面跳舞。舞曲悠扬中，他们不觉得曼丽的影子会时时出现，睁大了眼睛瞪着他们吗？

第二年的夏天，水房的窗缝儿里冒出了一株绿芽，几场雨过后，很快就长大了，竟然是指甲草，一定是原来那盆指甲草的种子，落在窗台的泥缝里。看见那小红花开出来，我的心里无比伤感。那天的黄昏，趁他们家没人，我狠狠地扔了一块砖头，砸碎了水房的窗玻璃。碎玻璃碴子溅在指甲草上，星星点点，在夕阳光照下反着光，像眼泪……

那片绿绿的爬山虎

一九六二年，过了暑假，我上初三，写了一篇作文——《一张画像》，是写教我平面几何的老师。他个子不高，每天上课的时候，都抱着大三角板和圆规、直尺的教具，教具高过他的头，显得他的个子越发地矮，样子非常好笑，让我觉得有点儿像漫画里的人物。但是，他的课上得很有趣，为人也很有趣。教我语文的田增科老师认为这篇作文写得也很有趣，便推荐这篇作文参加当时正在举办的北京市少年儿童征文比赛，没有想到居然获奖了。获奖的奖品是一支钢笔和一本《新华字典》。奖品虽然很小，但是，陈列在学校大厅的陈列柜里，规格不低。

当然，我挺高兴。一天，田老师拿来一个厚厚的大本子对我说："你的作文要印成书了，你知道是谁替你修改的吗？"

我睁大眼睛，有些莫名其妙。

"是叶圣陶先生！"田老师将那大本子递给我，又说，"你看看叶老先生修改得多么仔细，你可以从中学到不少东西！"

我打开本子一看，里面油印着这次征文比赛获奖的二十篇作文。我翻到我的那篇作文，一下子愣住了：首先映入眼帘的是红色的修改符号和改动后增添的小字，密密麻麻，几页纸上到处是红色的圈、钩或直线、曲线。那篇作文简直像是动过大手术，鲜血淋漓又绑上绷带的人一样。

回到家，我仔细看了几遍叶老先生对我作文的修改。题目《一张画像》改成《一幅画像》，我立刻感到用字的准确性。类似这样的地方修改得很多，长句子断成短句的地方也不少。有一处，我记得十分清楚，"怎么你把包几何课本的书皮去掉了呢？"叶老先生改成："怎么你把几何课本的包书纸去掉了呢？"删掉原句中"包"这个动词，使句子干净了，也规范了。而"书皮"改成了"包书纸"更确切，因为书皮可以认为是书的封面。

我真的从中受益匪浅，隔岸观火和身临其境毕竟不一样。这不仅使我看到自己作文的种种毛病，也使我认识到文学事业的艰巨：不下大力气，不一丝不苟，是难成大气候的。我虽然未见叶老先生的面，却从他的批改中感受到他的认真、平和以及温暖，如春风拂面。

叶老先生在我的作文后面写了一则简短的评语：

这一篇作文写的全是具体事实，从具体事实中透露出对王老师的敬爱。肖复兴同学如果没有在这几件有关画画的事儿上深受感动，就不能写得这样亲切自然。

这则短短的评语，树立起我写作的信心。那时我才十五岁，一个毛头小孩，居然能得到一位蜚声国内外文坛的大文学家的指点和鼓励，内心的激动可想而知，涨涌起的信心和幻想，像飞出的一只鸟儿抖着翅膀。那是只有那种年龄的孩子才会拥有的心思。

这一年暑假，田老师找到我，说："叶圣陶先生要请你到他家做客！"

我感到意外。像叶圣陶先生这样的大作家，居然要见一个初中学生，我自然当成人生中的一件大事。

那天，天气很好。下午，我来到东四北大街一条并不宽敞却很安静的胡同。叶老先生的孙女叶小沫在门口迎接我。院子是典型的四合院，敞亮而典雅，刚进里院，一墙绿葱葱的爬山虎扑入眼帘，使得夏日的燥热一下子减少了许多，阳光都变成绿色的，像温柔的小精灵一样在上面跳跃着，闪烁着迷离的光点。

叶小沫引我到客厅，叶老先生已在门口等候。见了我，他像会见大人一样同我握了握手，一下子让我觉得距离缩短不少。落座之后，他用浓重的苏州口音问了问我的年龄，笑着讲了句："你和小沫同龄呀！"那样随便、和蔼，作家头顶上神秘的光环消失了，我的拘束感也消失了。越是大作家越平易近人，原来他就如一位平常的老爷爷一样，让人感到亲切。

想来有趣，那一下午，叶老先生没谈我那篇获奖的作文，也没谈写作。他没有向我传授什么文学创作的秘诀、要素或指南之类。相反，他几次问我各科学习成绩怎么样。我说我连续几年获得优良奖章，文科、理科学习成绩都还不错。他说道："这样好！爱好文学的人不要只读文科的书，一定要多读各科的书。"

他又让我背背中国历史朝代，我没有背全，有的朝代顺序还背颠倒了。他又说："我们中国人一定要搞清楚自己的历史，搞文学的人不搞清楚我们的历史更不行。"我知道这是对我的批评，也是对我的期望。

我们的交谈很融洽，仿佛我不是小孩，而是大人，一个他的老朋友。他亲切之中蕴含的认真，质朴之中包容的期待，把我小小的心融化了，以至不知黄昏什么时候到来，悄悄将落日的余晖染红窗棂。我一眼又望见院里那一墙的爬山虎，黄昏中绿得沉郁，如同一片浓浓湖水，映在客厅的玻璃窗上，不停地摇曳着，显得虎虎有生气。

那时候，我刚刚读过叶老先生写的一篇散文《爬山虎的脚》，便问："那篇《爬山虎的脚》是不是就写的它们呀？"他笑着点点头："是的，那是前几年写的呢！"说着，他眯起眼睛又望望窗外那爬山虎。我不知那一刻老先生想起的是什么。

我应该庆幸，有生以来第一次见到作家，竟是这样一位大作家，一位人品与作品都堪称楷模的真正意义上的大作家。他对于一个孩子平等真诚又宽厚期待的谈话，让我十五岁那个夏天富有生命和活力，仿佛那个夏天变长了。我好像知道了，或者模模糊糊懂得了：作家就是这样做的，作家的作品就是这么写的。

在我的眼前，那片爬山虎总是那么绿着。

夏至的天空

夏至的天空，白天最长，夜晚最短。夏至的天空，白天最热，夜晚最亮。

在周朝时，夏至曾经被定为一个盛大的节日。白天祭地，夜晚焚香，祈求灾消年丰，这是农业时代人们心底普遍的愿景。我曾经猜想，在那遥远的时代，人们之所以将夏至作为一个盛大的节日，大概是因为这时候正是丰收的时节，却也正是夏天雨涝的季节。如此，才格外祈望丰收能够延续、灾难能够消除吧！节气里，总是蕴含着人们最为朴素的心情，那心情随老天爷阴晴变化而跌宕起伏。节气里的"气"，便不只是气候，也有人们的心气在里面。

夏至这一天，如果不下雨，就是最好的时辰。传统民谚说：夏至到，鹿角解，蝉始鸣，半夏生，木槿荣。这谚语说得非常有意思，前两句说物，鹿和蝉，一个动物，一个昆虫。鹿角成熟了，可以割角了；夏天炎热了，蝉开始叫唤了。这是典型夏至的标志，一个有形，一个有声，梅花鹿和金蝉，可以作为夏至的形象代言。

不过，我一直喜欢这个谚语的后两句。后两句说的是花，半夏和木槿都要开花了，这让夏至一下子和花木繁盛的春天有了对比和呼应，夏天并不仅是丰收的季节，也是花开的季节。如今，在城市里，半夏很少能见到，但木槿却是公园和住宅小区里常见的。其实，夏至之后，盛开的不仅有木槿，合欢、紫薇、玉簪等也都会相继盛开。谚语里的半夏和木槿不过是代表罢了，如果夏至真的要有一个Logo（标志）的话，鹿和蝉、半夏和木槿还真的有一番比拼呢。

夏至的天空，因有了它们而变得活色生香。想一想，鹿摇动着美丽的犄角，从青青草地上奔跑而来，蝉在树叶间比赛似的撒了欢儿地鸣叫，再有那些夏花之绚烂与争奇斗艳，真的是奏响了一支夏至交响曲，在整个天空中激情四溢地回荡。

夏至的天空，最美的时候在夜晚。一年四季，夏至的夜晚是最短的，却也是最明亮的。在这时候眺望夜空，星河灿烂，能够看到很多一般日子里看不到的星星。即使不懂银河系里各种星座，也可以清晰地看到北斗七星、牵牛织女星、天狼星和太白星。这对于雾霾横行的今天而言，是格外难得一见的盛景，是夏至和夜空相互给予的一种馈赠。我小的时候，坐在四合院里，望着星光璀璨的夜空，认识并数点着那些星星，心里会觉得宇宙的浩瀚和生活的美妙。如果，再能够看到一次流星雨的壮观，是额外的收获了。

在四合院里还能够看到萤火虫。在夏至到来的日子里，这些发光的小虫给我们孩子带来了欢乐。轻罗小扇扑流萤，是那时候最美的情景。看萤火虫飞上天空，和星星上下呼应对话，一起扑闪着明亮的眼睛，会让我觉得夜空真的非常美丽又神奇。如今，这样的美丽神奇的夜景，已经很难看到了。前几天看报纸有消息说，在武汉东湖的牡丹园新造萤火虫馆，人们只能到那里去看人工制造的萤火虫夜景了。无论是玻璃罩还是水泥罩，隔开了夜空的萤火虫，就像玻璃缸里的金鱼一样，还有天然的情趣吗？

在我国，看夏至的夜空，最好去漠河。夏至前后，那里是白夜最好看的时节，可以看到一年最美的壮观景色。夜空因白夜的到来而变得格外空阔辽远，那些星辰的闪烁也变得异样的迷离。在北中国的夜空中，夏至把最神奇的景色托付给了漠河收藏并展示。

在国外，看夏至的夜空，最好去挪威的首都奥斯陆。夏至前后，六月的夜晚，那里要举办每年一度的室外音乐节。同漠河一样，那里也在欧洲遥远的北方，也有白夜无比的神奇。当"落日炮"响过之后，星星出来了，夜空还是一片明亮，音乐会开始了，动人的音符像萤火虫一样翩翩飞上蔚蓝洁净的夜空。当年，挪威最伟大的音乐家格里格，曾经指挥过音乐会，并演奏过他自己创作的乐曲，那应该是献给夏至最美妙的音乐了。

没记住名字的美术老师

在汇文读书时教过我的老师，我都记住了他们的名字。唯独美术老师，连姓什么都没有记住。

她是代课老师，四十来岁，不苟言笑，总是很严肃的样子，比像刷了一脸糨糊板正的班主任老师还显得严厉。

那时，我刚上初一。中学有专门的美术教室，软硬件都很齐全，每人一把右边带拐弯的木椅子，是专门为美术教室定做的，方便一边听课一边画画，真的觉得中学就是和小学不一样，仿佛自己一下子长大了许多。每次上美术课，老师会给每人发一张图画纸，让大家在上面画。偶尔，老师教我们照石膏像写生；有时老师也会拿来她自己画的一张画，让我们照葫芦画瓢，但也只是偶尔。大多时候，是布置一个题目，让我们随意画，当场画完，交给老师，下次上课时，老师发下来，上面有老师的评分。她也不讲评，只是让我们画。

只有初一和初二两年有美术课，我已经忘记了是一周一节还是两周一节。美术课是副科，大家都不太重视，我还是很期待的，因为那时候我喜欢画画。我写过一篇作文——《一幅画像》，里面写的就是我上数学课画画的事情。

我们班上有两个同学画画最好，他们都拜了画家吴镜汀为师，放学之后，常到吴镜汀家学画，然后第二天到学校来和我白话。受他们的影响，我也喜欢涂涂抹抹，虽然赶不上他们二位画得那样好，但总还是画得有点儿模样吧。当然，这只是我自己这样觉得，所谓敝帚自珍吧。

可气的是，美术课上每一次作业，这位老师给我判的分最高只是"良"，一次"优"也没有。那时候，我少年气盛，喜欢争强好胜，也因为每学年评定可否获得优良奖章，要求期末所有科目评分必须要在"良"以上，所以，我非常努力想画好，哪怕只是争取得到一个"优"也好。但是，每一次发下作业，看到自己的画上面，老师给我不是"中"就是"良"，很让我丧气，又很不服气，特别想找老师理论理论。但一想到她那张总是绷着糨糊的脸，就泄了气。

我各科的学习成绩都好，唯独美术课拉了后腿。但是，现实残酷，让我只能退而求其次，没有"优"就没有吧，命中注定，不是你的就别再强求。希望"良"多一点儿而"中"少一点儿，就念佛了。到期末，这位老师总评分能够发慈悲给我个"良"，不耽误评优良奖章就行了。不过，说句心里话，每次发下作业，看到上面的评分，再看看老师那张冰冷的脸，都让我提心吊胆，心总是紧攥着，生平头一次感到自己的小命是掌握在这美术老师的手心里。

没有想到，初一这一年成绩册发下来，我打开一看，美术课栏，给我的总评分是"良"。一直提到嗓子眼儿的那颗悬着的心，终于安稳地放进肚子里了。想想这位美术老师，还是挺善解人意的，起码懂得我的心思。再想想她那一张绷满糨糊的脸，也不觉得那么冷若冰霜了。再开学上美术课，我应该谢谢她高抬贵手才是。

初二开学第一节美术课，站在美术教室门口的，是一位高个子的男老师，姓邓，叫邓元昌，是正式从美专学院调过来的美术老师。那位女老师不再代课了。从此，我再也没有见过她。

美术课，是中学最不起眼的副科，美术老师相应地也处于教师队伍的边缘位置，清闲，却也不受重视。美术老师真正受到重用，是在"文化大革命"早期，我们学校的教学楼前悬挂的巨幅毛主席画像，花坛中矗立起来的毛主席挥手的巨型水泥雕像，都是邓老师主要在忙乎，其他老师当帮手。看他一个人站在脚手架上，挥洒着油画笔，或拍打着水泥，总会让我想起初一教过我一年的那位不苟言笑的女美术老师，如果她还在我们学校，也会和邓老师一起忙乎，有了她的用武之地。可是，我连她的姓都忘记了。每次想到这儿，我都很惭愧。

憋老头儿

　　我住的大院很老了，据说前清时就有了。建大院的，是一个进京赶考没有考上进士，后来当了商人的人。我家搬进住的时候，大院早已经破败，但三进三出的院落还在，前出廊，后出厦，大影壁、高碑石、月亮门、藤萝架，虽然都残破了，也还都在，可以想象前清建造它时的烟火鼎盛。院子大是大，唯一的缺点，就是只有一个公共厕所。当初，人家就是一家人住，一个厕所够用了，谁想后来陆续搬进来那么多人，当然就显得紧张了。全院二十多户人家老老少少，一般都得到那里方便，一早一晚，要是赶上人多，着急的人就只好跑到大街上的公共厕所。

　　厕所只有两个蹲坑，但外面有一条过道，很宽阔，显示出当年的气派来。走过一溜足有七八米长的过道，然后有一扇木门，里面带插销，谁进去谁就把插销插上。我们孩子中常常有嘎小子，在每天早上厕所最忙的时候，跑进去占据了位置，故意不出来，让那些敲着木门的大爷干着急没辙。我们管这个游戏叫作"憋老头儿"，是我们童年最能够找到乐子的一个游戏。

厕所过道的那一面涂成青灰色的山墙，则成了我们孩子的黑板报，大家在"憋老头儿"的时候，用粉笔或石块往上面信笔涂鸦。通常是画一个长着几根头发的人头，或是一个探出脑袋的乌龟，然后在旁边歪歪扭扭地写上几个大字：某某某，大坏蛋；某某某，喜欢谁谁谁之类，自然，前者的某某某是个男孩子，后者的谁谁谁是女生。当这个某某某的男孩子上厕所时，一眼看见了墙上的字和画，猜想出是谁写谁画的后，就会把某某某几个字涂掉，再写上一个新的某某某，要是一时猜不出是谁写的，就在旁边写上：谁写的谁是王八蛋！

大院的孩子，无形中分成了两派：一派是以九子为首的一大帮，一派则是孤零零的大华一个人。大华那时确实很孤独，除了我还能和他说几句话之外，没有一个孩子理他。当然，这其中也有怕九子的因素在内，想略微表示一下同情也就不敢了。九子的一头明显占了绝对的上风，弄得大华抬不起头，惹不起，就尽量躲着他们。

九子的领袖地位似乎是天生形成的，也可以说是九子就有这个天分。孩子自然而然地围着他，他说什么，大家都信服，也照着办。他的一个眼神、一个手势、一个口哨，就能够把全院的孩子们像招鸟一样招过来。

大华倒霉就倒霉在他是个私生子，他是前两年才和他姑姑一起搬进我们大院里来的。他一直跟着他姑姑过，他的妈妈在外地，偶尔会来北京看看他，但谁都没有见过他爸爸，他自己见过没见过，谁也不清楚，我曾经想问他的，但最后还是没敢问。

九子领着一帮孩子，都不跟大华玩，还把当时我们在学校里唱的《我是一个黑孩子》的歌词"我是一个黑孩子，我的家在撒哈拉沙漠以南的非洲"给改成了："我是一个黑孩子，我的家不知在何处……"故意唱给大华听。一遍一遍地反复地唱，一直唱到大人们听见了，出来干涉，把九子他们骂走。

九子住在前院一间东房里，那是我们大院里最次的房，有道是有钱不住东南房。大华住在后院三间坐南朝北的大瓦房里，是我们大院最好的房，当年建大院的那个商人一家的主人就住在那里。那时，九子和大华比我高两年级，都上小学五年级，却成了不共戴天的仇人。我夹在他们中间，像三明治一样难受。我既不想得罪九子，对大华也很同情。九子他们决心要把大华搞臭到底，九子要占领舆论阵地，厕所的那面墙，成了最好的地方。首先，九子招呼着他的那些小喽啰，把平常"憋老头儿"的功夫用到了大华身上，每逢大华要上厕所时，十有八九被憋。好不容易进去了，一面山墙上写满的都是：滕大华是一个黑孩子，滕大华没妈又没爸……之类的话。大华擦了一遍，墙上很快又出现同样的内容。

大华只好不再上大院里的厕所，宁可跑到大街上去上公共厕所。每一次，大华都要拽上我，陪他一起跑到大街上的公共厕所去。那时他把我当成了他唯一的朋友。他是个私生子，我有个后妈，我们两人同病相怜，自然成了朋友。

那个公共厕所离我们大院很远，我们得跑一两百米，每次都像是冲刺似的，你追我赶的，迎风呼呼直叫，特别来劲，在大街上很惹人眼目，以为我们是在练跑步，或者是在抽风。这时候，大华总是显得很高兴，忘记了一切的不愉快。

有一天下午放学，刚刚走出学校的门口，我看见九子突然一面墙似的横在我的面前。他一步走近我，鼻子尖都快顶住我的鼻子尖了，眼光很凶地死死地盯着我。他是特地在这里憋住了我，我知道他要干什么，一定是要我不再理大华。

果然，他把这话说出了口。

"听见了吗？"

我没有说话。

他又问了我一遍："你聋了怎么着？问你话呢，听见没有？"然后，他挥挥拳头，"你想尝尝'栗子暴'怎么着？"

我怕他，只好点了点头。

"不行，点头不算，你必须说话答应！你又不是哑巴。"

许多学生都围了上来，好多是九子他们班上的，是他的同伙。我只好答应了。

答应了，是答应了，心里总觉得有些对不起大华，也恨九子太霸道。当大华找我时，我还是和大华在一起。看到大华孤零零一个人在大院里徘徊，总觉得自己也很孤独，和大华有一种同病相怜的感情。

大院里的孩子开始不再和我玩了，见了我，就远远地走开。他们在一起玩，比如玩官兵捉匪或老鹰捉小鸡的游戏或者斗蛐蛐时，故意把我闪在一边，成心对着我大呼小叫，向我示威。我知道，是九子的主意，他们把我和大华彻底孤立起来了。

就在这时候，大院厕所的那面山墙上出现了新的内容，画着两个小孩的头，一个高，一个低，一个圆，一个方，歪歪扭扭地在一边写着上下两行大字：肖复兴没妈滕大华没爸，肖复兴和滕大华是一丘之貉（这是九子在语文课本里新学的成语）！

这事把我惹火了，一种从来没有的自尊心被伤害的感觉，让我燃起复仇的火焰。那天晚上，我找到大华，问他："你看见厕所墙上的东西了吗？"

他点点头。

我说："欺人太甚了！"

他又点点头。

我说："咱们得报仇，你说对不对？"

他接着点点头，然后问我："怎么报？"

我说："首先要捉贼捉赃，捉到写的人，跟他没完。"

于是，每天在上学前的早晨和放学后的晚上，我和大华分工合作，分别盯着去厕所的所有的孩子。有时候，我们两人索性藏在厕所里，希望能够看到他们动手往墙上瞎写瞎画的时候，一把抓住他们的手。他们似乎知道了自己的身后落有我们的目光，都有些收敛，以至于我们一连好多天都一无所获。

那天早晨，九子的爸爸上厕所，厕所的木门关着，老爷子刚要走，听见里面有人在说话，是九子的声音，隔着门缝一看，看见九子正在往墙上瞎写呢，气得老爷子一脚踹开门，上前扭住他的胳膊，在厕所里就把他臭揍一顿，算是替我们报了仇。

从此，厕所黑板报的内容才有了更改。

九子和大华都上了中学以后，对到厕所去玩"憋老头儿"的游戏，越来越失去了兴趣，都觉得有些太小儿科了吧。于是，那块阵地便让位给了新起来的一帮小孩子了。

冰雪的向往

　　有冰雪的冬天，对孩子而言多了童话般的美好，几乎没有孩子不对冰雪充满向往的。我想，这大概是因为冰雪是白色的，晶莹洁净，没被污染，为天真未凿的孩子心灵世界镜像的缘故。如果冰雪是五颜六色的，便不会有这种感觉了，起码对孩子而言，就失去了对纯净童话世界的种种想象。浓妆艳抹的涂饰，姹紫嫣红的披挂，对冰雪来说都是不合适的。造物者就是厉害，在花花世界里，差遣白色的冰雪来让我们清神明目，涤心净魂。

　　小时候，冰雪于我，主要是玩，下雪结冰的日子就是我的"节日"，可以在冰天雪地里撒开欢儿地玩了。打雪仗、堆雪人是我与冰雪最初的游戏，也是多数孩子亲近冰雪的起点。这游戏司空见惯，却几百年来延绵不绝，成为最传统、也最富生命力的冬日游戏。老话说"清风朗月不用一钱买"，冰雪和清风朗月一样，都是老天爷慷慨的赐予，对所有孩子一律平等。即使现在的孩子玩的游戏花样百出，也没有一样可以与冰雪的游戏相媲美，因为它去尽雕饰，最接地气，还能无师自通，百玩不厌，趣味无穷。

上小学后，我把两根粗铁丝绑在一块木板下面，做成简易的冰鞋，虽然外表粗陋，但实用。那时候北京的冬天比现在冷，雪天也比现在多，雪后的街道结了厚厚一层冰，我的简易冰鞋便派上用场——一只脚踩着它，另一只脚使劲儿蹬地，直奔学校而去。脚下生风，耳边掠风，是冰雪带给我的新玩法。可以说，这是我冰雪游戏的"升级版"。

于我而言，冰雪真正发生质的变化，从单纯的游戏升华为艺术，是在小学五年级的时候。一个星期天的下午，鬼使神差般，我走到王府井北口，往西一拐，见中国儿童艺术剧院正在上演话剧《白雪公主》，票价很便宜，我便买了张票准备一探究竟。那是我第一次看话剧，绛紫色的丝绒幕布缓缓拉开，炫目的灯光映照着舞台上的冰雪世界，和我以往见过的迥然不同……尽管这部话剧的内容我已经记不大清了，但舞台上美妙的冰雪世界我一直记得。原来冰雪世界可以变成这等模样，是艺术让冰雪"点石成金"。

青春年岁远赴北大荒，比起北京，那里的冰雪景观更丰富。所谓"千里冰封，万里雪飘"的壮观景色，我到北大荒之后才算真正领略，舞台上的冰雪世界，不过是"盆景"而已。来北大荒第一年的国庆节上午，我正在场院上干活，眼见雪花成群结队从天边迤逦飘然而来。雪花并不是直接落在头顶的，它时而像芭蕾舞者轻盈踮脚，时而像列兵成阵扬蹄呼啸，那阵势，甚是奇妙。面前的茫茫荒原，**魔术般变得一片皑皑**。

我在北大荒做过的最"壮观"的一件事，是用井水在学校前的篮球场上浇了一块小小的土冰场。那时候我正在队上当小学老师，一时心血来潮，带着学生在土冰场上滑冰，学生竟然玩得很开心。其实北大荒的冬天，讲究的是"猫冬"——躲在屋子里，待在火炕上，嗑"毛嗑儿"（葵花子）以消磨时间。自从有了土冰场，下课后、放学后，那里便欢笑声四起，成为当时队上颇引人注目的一景。孔子说"有教无类"，这冰雪是"有玩无类"——不分民族地域，不分贫富贵贱。

我上大学很晚，是恢复高考后的第二年，整整晚了十二年，青春早已是挑水的回头——过井（景）了。班上的同学年龄不小，大家都经受过磨难的历练，又喜欢文学与戏剧，其他课程的学习没什么问题，唯独体育课有些力不从心。偏偏学校的体育课花样繁多，老师的要求又特别严格。学校离什刹海很近，在校四年，夏天到什刹海游泳池游泳，冬天到什刹海冰场滑冰，成了我们的必修课。游泳还好，即使不会，可以在浅水池里泡着；滑冰不行，总在旁边坐着太扎眼，老师也会走过来催你学。于是，这些老大不小的同学丑态尽出，在冰上连连跌跤，按北京话说，不是摔得狗吃屎，就是老太太钻被窝儿，要不就是摔个大屁蹲儿。那会儿，很多人不会滑冰，南方来的同学甚至连冰雪都没见过。

对我而言，我是第一次到正经的冰场滑冰，小时候生活拮据，哪儿有闲钱滑冰呀！只能用土法制作冰鞋，把马路当冰场。我也是第一次穿冰鞋，那种花样冰刀鞋，薄薄的冰刀，还那么高，在冰上能站得稳吗？我一边穿鞋，一边暗自思忖，生怕一会儿跌倒露怯。没想到上冰之后，虽然摇摇晃晃，打了几个趔趄，却没有跌倒，居然还在冰上滑了起来。绕着冰场转圈的感觉真好，风在耳畔呼呼响着，仿佛是《溜冰圆舞曲》的调子……

黑龙江阿城附近有一个辽金古城遗址，遗址旁边有座挺大的滑雪场，十几年前，我在这里第一次接触了滑雪。记得那是雪后的清晨，雪场上的雪经过处理，厚实而平滑，由于有长长的斜坡，在阳光下就像一面斜放的巨大镜子，雪地的反光和直射的阳光交织在一起，让整个滑雪场显得闪亮。如果不戴墨镜，真晃眼睛。

滑雪比滑冰难多了，但比滑冰好玩。一穿上滑雪板，我连路都不会走了，起初怎么也滑不起来，后来终于能滑动了，结果没滑几下就摔个大屁蹲儿，弄得浑身是雪，狼狈得像笨狗熊。初次滑雪，尽管赶不上《林海雪原》里少剑波与杨子荣带领战士们穿林海、跨雪原时的潇洒自如，更赶不上专业滑雪运动员高山滑雪、单板滑雪时的精彩绝伦，但在雪上滑起来，真有一种腾云驾雾的感觉——脚是轻的，身子是轻的，雪花托起你，就像浪花托起小船一样。雪花那么轻，轻得没有一点儿分量，但它竟然蕴藏着这么大的能量……

滑雪是滑冰的"升级版"，是属于勇敢者的运动。它和大自然更紧密地联系在一起，无论是高山滑雪还是跳台滑雪，都要在崇山峻岭之中，都要有浩瀚的森林为伴；有雄浑辽阔的自然作为"观众"，这是任何一项体育运动都难以匹敌的。人类真是了不起，不仅创造了夏季奥运会，还创造了冬季奥运会，将奥运会推向两极制高点，让人们在体育运动中了解冰雪，看清自己和世界。

我当过整整十年的体育记者，采访过夏季奥运会，也采访过世界友好运动会、亚洲运动会、全国运动会和很多国际单项体育赛事，唯独没有采访过冬季奥运会；不得不说，这是我记者生涯中的一个遗憾。冬季奥运会不仅成就了奥林匹克运动的另一座巅峰，也将冰雪升华为一种令人憧憬和向往的艺术。而作为"双奥之城"的北京，是非常了不起的。二十年前，北京获得第二十九届夏季奥运会的主办权，为此我写了一篇文章《向往奥运》；今年，北京举办第二十四届冬季奥运会，我写了这篇《冰雪的向往》。

在《向往奥运》中，我写过这样一段话，觉得它依然适合于当下："一个国家、一座城市能够举办一次奥运会，会使得这个国家、这座城市和这里的人民变得多么美好。那一刻你就会明白，体育不仅仅是体育，它以自身特殊的魅力影响着一切。"

非常有意思的是，写这篇文章的时候，我正在赶写一本儿童小说《水上花》，说的是跳水比赛，体育和我还真的有缘。我希望下一本书能说说滑雪比赛，这本书的名字，就叫《雪上花》吧。

发小儿就是那把老红木椅子

发小儿，是地道的北京话，特别是后面的尾音"儿"，透着亲切的劲儿，只可意会。发小儿，指从小在一起的小学同学。但是，发小儿比起同学来说，更多了一层友谊的意思在内。也就是说，同学之间，可能只是同过学而已，没有那么多的交情可言；而发小儿是在摸爬滚打一起长大的年月中有着深厚友谊一说的。比起一般拥有友谊的朋友而言，发小儿又多了悠长时光的浸透，因为很多朋友，是没有发小儿从童年到老年一直在一起那样漫长时间的。从这一点讲，发小儿和你在一起的时间，可能会比你和父母、妻子、孩子在一起的时间还要长久。

正是因为有时间这样的维度，童年的友谊，虽然天真幼稚，却也最牢靠，如同老红木椅子，年头再老，也那么结实，耐磨耐碰，漆色总还是那么鲜亮如昨，而且，有了岁月打磨过的厚重包浆，看着亮眼，摸着光滑，使着牢靠。

黄德智就是我这样的一个发小儿，不能和一般的小学同学同日而语。小学同学有很多，可以称为发小儿的，只能有一位或两位。我和黄德智从小一起长大，有六十多年的友谊。小时候，他家境殷实，住处宽敞，住在前门外草厂三条一个独门独户的小四合院里，在整个一条胡同里，那是非常漂亮的一个院子，大门的门楣上有镂空带花的砖雕，大门上有一副精美的门联：林花经雨香犹在，芳草留人意自闲。虽然看不大懂，但觉得词儿很华丽。

我家住西打磨厂，离他家不远，穿过墙缝胡同就到。为了放学之后学生写作业便于监督管理，老师把就近住的学生分配到一个学习小组，我和黄德智在一个小组，学习的地方就在他家，学习小组的组长，老师就指定他当。几乎每天放学之后，我都要上他家写作业，顺便一起疯玩。天棚鱼缸石榴树，他家样样东西都足够让我新奇。我第一次有了这样的感觉，同样都是过日子，各家的日子是不一样的。

到他们家那么多次，我从来没有见过他的爸爸，可能他爸爸一直在外面工作忙吧。每一次，出来迎接我们的都是他的妈妈。他妈妈长得娇小玲珑，面容姣好，皮肤尤其白皙，像剥了壳的鸡蛋。后来，我知道了，她是旗人，当年也是个格格呢。她没有工作，料理家里的一切。她说一口地道的北京话，很和蔼客气，看我们一帮小孩子在院子里疯跑，也没有什么不耐烦，相反，夏天的时候，还给我们酸梅汤喝。那是我第一次喝酸梅汤，是她自己熬制的，酸梅汤放了好多桂花，上面还浮着一层碎冰碴儿，非常凉爽，好喝。

黄德智长得没有他妈妈好看，但是和他妈妈一样白皙。和我们这些爱玩爱闹的男孩子不大一样，他好静不好动。他没有别的爱好，就是喜欢练书法，这是他从小的爱好。他家有一个老式的大书桌，大概是红木的，反正我也不认识，只觉得油漆很亮，像涂了一层油似的，即使阴天里也有反光。

那是我第一次见到书桌，因为我家只有一个饭桌，吃饭、写作业都在这个饭桌上。他家的书桌上常摆放着文房四宝，还有那么多支大小不一的毛笔悬挂在笔架上，也是我第一次见到。每一次写完作业，我们这些同学回家，可以在街上疯跑，或踢球打蛋，或去小人书铺借书看，他不能出来，被他那个长得秀气的妈妈留在屋子里，拿起毛笔写他的书法。

在学校里，黄德智不爱说话，默默地，像一只躲在树叶后面的麻雀，不显山不露水。但他的毛笔字常常得到教我们大字课的老师的表扬，这是让他最露脸的时候，我特别为他感到骄傲。我的大字写得很一般，他曾经送过一支毛笔和一本颜真卿的字帖给我，让我照着字帖写，他对我说，他很小就开始临帖了。

有一次，在少年宫举办全区中小学生书法展览，他写的一幅书法在那里展览了。我记得很清楚，是写得很大的一幅横幅，用楷书写的六个大字：风景这边独好。展览会开幕那天，我和他一起去少年宫。其实，我不懂书法，对书法也没有什么兴趣，黄德智送我的那支毛笔和那本字帖，我根本就没有动过。但是，有黄德智的书法在那里展览，我当然要去捧场。所以，去那里，主要是看黄德智这六个楷书大字。

那天的展览，我们班上的同学一个也没有去，常到他家写作业的学习小组里的人，一个也没有去。我挺不高兴的，替黄德智愤愤不平。他却说："你来了，就挺好的了！"这话，让我听后挺感动，我知道，这就是我和他发小儿之间的友谊。

看完展览回去的路上，天上忽然下起雨来，开始雨不大，谁想不大一会儿工夫，雨越下越大，我们两人谁也不想找个地方躲雨，一直往前跑。少年宫在芦草园，靠近草厂三条南口，便都觉得离黄德智家不远了，想赶紧跑到他家再说。但是，就这样不远的路，跑到他家的时候，我们都已经被淋得浑身湿透，像落汤鸡了。

他妈妈看见我们两人狼狈的样子，忙去找来黄德智的衣服，非让我换上不可。然后，又跑到厨房去熬红糖姜汤水，热腾腾的，端上来，让我们一口不剩地喝光。

雨停了下来，我穿着黄德智的衣服走出他家的大门，黄德智送我到胡同口，我又想起了刚才喝的那碗红糖姜汤水，问他："都说红糖水是给生孩子的妈妈喝的，你妈妈怎么给咱们喝这个呀？"他笑着说："谁告诉你红糖水只能是生孩子的妈妈喝？"我们两人都忍不住咯咯地笑起来。我从来没有看到过他这样开心的笑呢。

高中毕业，我去了北大荒插队，黄德智留在北京肉联厂炸丸子，一口足有一间小屋子那么大的大锅，哪吒闹海一般翻滚着沸腾的丸子，是他每天要对付的活儿。我插队回来探亲的时候到肉联厂找他，指着这一锅丸子说："你多美呀，天天能吃炸丸子！"他说："美？天天闻这味儿，我都想吐。"可是，他一直坚持练书法，始终没有放弃。

我从北大荒刚调回北京那年，跑到他家找他叙旧，他确实没有放弃，白天炸他的丸子，晚上练他的书法。没过几天，他抱着厚厚一摞书来到我家，说是送我的，我打开一看，是人民文学出版社一九五七年版的十卷本《鲁迅全集》。他说，路过前门旧书店看到的，想我喜欢读书，喜欢写作，就买下了。我问他多少钱，他说二十二元。那时候，他每月的工资才四十多元，我刚要说话，他马上又对我说，接着写你的东西，别放弃！

如今，黄德智已经成为一名不错的书法家，他的作品获过不少的奖，陈列在展室里，悬挂在牌匾上，印制在画册中。前几年，黄德智乔迁新居，我去他新家为他稳居。奇怪的是他的房间里没有看见他的一幅书法作品，我问他，他说觉得自己的字还不行。他的作品一包包卷起来都打成捆，从柜子的顶部一直挤满到了房顶。他打开他的柜子，所有的柜门里挤满了他用过的毛笔。打开一个个盛放毛笔的盒子，一支支用秃的笔堆在一起，如同一座小山。他说起那些笔里面的沧桑，胜似他的作品，就如同树下的根，比不上枝头的花叶漂亮，却是树的生命所系，盘根错节着日子的回忆。其中一段，属于我和他的小学回忆。

　　一个人，经历了人生种种，会有很多回忆，但发小儿这一段回忆，无与伦比。我说过，发小儿就是那把老红木椅子。一个人，如果老了之后，还能和一个或几个发小儿保持联系，是极其难得的。哪怕你老得走不动道了，有发小儿在，你就有了一把这样结实可靠的老红木椅子，可以安心舒心地靠靠，聊聊天，品品茶，还可以品出人生别样的滋味。

群里发来张老照片

　　前几天，群里一位同学发了张古董级的老照片。大概是贴在相册里的，只有那个年代才会用的三角形黑相角，泄露了老掉牙的年份。那时候，我们都是用这种相角，把照片贴在相册里。这种相角的背面有一层胶，把唾沫吐在上面，用手抹一抹，就粘在黑色相册页里了。照片上前后两排人，前排四个人蹲着，后排五个人站着，都是小学同学，不知在哪儿拍的，背景隐隐有树有水，大概是在公园。照片是用手机翻照的，手机的像素都很高，只是照片太旧，本身照得也有些模糊，只能影影绰绰地看个大概。

　　同学问：能看出都是谁吗？

　　疫情发生这大半年，大家都宅在家中无所事事，发张照片，猜谜语似的，让大家看看都是谁。就是找个话题，找点儿乐子，让过去的回忆冲淡一些现今的忧虑。小学毕业，今年整六十年。都说岁月是把杀猪刀，六十年的日子更是早把人变得面目皆非，当年再俊的丫头和小伙儿，如今也不堪回首。

不过，这样的游戏，虽然已经反复多次，却是续再多水的茶，照旧清香清新，可口可乐，让大家像老驴拉磨转上一圈又一圈，依然乐此不疲。这张重见天日的老照片，像投进湖中的一块石子，溅起群里浪花不止，让大家兴致勃勃，你来我往，你是我否，猜个不停。而且，拔出萝卜带出泥，猜对了一个人，连带讲出她或他的好多年少趣事或"囧"事。

别看照片模糊不清，但架不住大家个个都是火眼金睛，而且，到了这把年纪，都有一种本事，就是越是久远的事情，越记得清；越是小时候的同学，越认得准。九个同学，八个都被猜得准确无误，唯独前排最右边蹲着的那个男同学，谁也没有猜出来，像公园遗物招领处一个无人认领的孤儿。

大家都说，他个子太矮，还蹲着，半拉身子又在镜头外，像只受委屈的小猫，实在猜不出来是谁了。

其实，我认出来了。那个人是我。

我想起来了，照片是一年级第二学期到北海公园春游时的合影，班主任老师拍的。

那时候，我长得个子矮，像根豆芽菜。母亲去世不久，父亲从农村老家为我和弟弟带回了继母，家里的生活拮据，我穿的是继母缝制的衣服和布鞋，特别那条裤子，是缅裆裤，在照片上，我一眼就看了出来。同学穿的裤子前面有开口，是从商店里买的制服裤子，全班只有我一个人穿缅裆裤。这条缅裆裤，让我自惭形秽，在班上抬不起头，在上三年级时候，终于忍受不住了，和父亲大哭大闹，才换上了从商店里买的一条前面有开口的裤子。裤子前面有没有开口，成为我童年一件至关重要的大事。

那一次春游，大家要带中午饭。我带的是母亲为我烙的一张芝麻酱红糖饼。这种糖饼，在我家只有中秋节时才烙，作为月饼的替代品，我和弟弟吃得很美。那时候，我以为能带这种糖饼已经很好了。但是，在北海公园里，大家围坐在一起吃午餐的时候，我看见不少同学从书包里拿出来的是面包，是义利的果子面包。我就是从那时认识了这种果子面包，并打听到了一个面包一角五分钱。还有的同学带的是羊羹，我从来没有见过这种食品，也是从那时认识了它，知道它是日本传过来的食品，是把红小豆熬成泥加糖定型而成，长方形，用漂亮的透明糖纸包装。他们抿着小口吃，空气中散发着浓郁的豆香。

我的小眼睛偷偷地扫视着这一切，内心里涌出一种自卑，还有更可怜的滋味，就是馋。真的，那时候，我实在是太没出息。在以后上小学的日子里，我不止一次想起这次春游，想起自己的没出息。也就是从那时候开始，我努力学习，奋发刻苦，争取好成绩。我知道，我家穷，我没有果子面包，没有羊羹，唯一可以战胜他们的，是学习。

六十年过去了，大家都认不出来照片上的我了。大家都记不得当年的事情了，大家都老了。

是啊，小孩子一闪而过的心思，不过像一朵蒲公英随风飘走就飘走了，谁会注意到呢？况且，当时大家都是小孩子，能够在意的是自己的事情啊。别人的事情，缅裆裤呀，芝麻酱糖饼呀，又算什么呢？一个孩子的成长，只能靠自己。馋，每一个小孩子都会有，算不得什么。但是，自卑与虚弱，却是需要靠自己，不是屈服于它们，就是打败它们；不是作茧自缚，就是化蛹成蝶。

照片上的我，不知是因为自卑，躲在最边上的位置；还是同学对我无意的冷漠，把我挤在那里。一切在不经意之间，都有命定的缘分与元素。重看照片上六十五年前的我，我没有自惭形秽，只是，我没有告诉大家那个孩子是我。

玻璃糖纸

　　小洁是个很小的小姑娘，也就五六岁的样子。她的爸爸妈妈都在部队上，离北京很远的边疆，一年只能回家探亲一次。小洁一直住在我们大院里她奶奶家。那时候，我们大院的小孩子，没有送幼儿园的，都是老人带。小洁的奶奶忙得很，家里的孩子多，光给一家人做饭，就够老太太忙乎的。小洁太小，和我们这些就要上中学的大孩子玩不到一起，她只好常常一个人玩，显得很寂寞。

　　小洁的奶奶家和我家是邻居。她奶奶忙乎的时候，如果看到我正好在家，有时她会溜到我家里来，找我玩。可是，我能和她玩什么呢？我家里没有任何玩具，我只能给她讲故事。故事讲腻了，就丢给她一本小人书，或者好多年前我看过的儿童画报《小朋友》，让她自己一个人玩会儿。

　　有一天，小洁拿着好几张不同颜色的玻璃糖纸，找我玩。她把糖纸都塞到我的手里，对我说："你把玻璃糖纸放在你的眼睛上看太阳，能看到不同颜色的太阳！"

　　我用糖纸遮住一只眼睛，然后闭上一只眼睛，对着太阳看，还真的是看到了不同颜色的太阳，黄色的玻璃糖纸中的太阳就是黄色的，绿色的玻璃糖纸中的太阳就是绿色的，蓝色的玻璃糖纸中的太阳就是蓝色的……

　　"好玩吧？"小洁问我。

　　我知道，她是想和我一起玩，才想出了这样一个办法。我对她说："你怎么想起了这么个法子来玩的呢？"

　　她告诉我："我有好多这样的糖纸呢！晚上，我睡不着，用这些糖纸对着灯光看，灯光的颜色也就不一样了！对着我奶奶看，我奶奶的颜色也不一样了呢！"

　　"是吗？你真聪明！"我夸奖她。这样的玻璃糖纸，只有包装那些高级奶糖太妃糖咖啡糖夹心糖的糖块才会有。一般人家，不会买这样贵的糖，像我家，只有在过年的时候，爸爸才会买一些便宜的硬块的水果糖，这种水果糖不会用这样透明的玻璃纸包，只用一般的糖纸而已。

　　小洁听我夸奖了她，高兴地对我说："我把我的糖纸拿来给你瞧瞧吧！"说着，她就跑回家，不一会儿，抱着一个大本子，又跑了回来，把本子递给我。

　　那是一本精装的硬壳书，书名叫《祖国颂》。记得很清楚，是一九五九年中国青年出版社出版的一本书，那一年，我上小学五年级，正好赶上建国十周年大庆。

打开书一看，是本诗集，里面全都是一首首现代诗。扉页上，歪歪扭扭地写着她爸爸妈妈和爷爷奶奶的名字，最后一行特别写着：这些字都是梁洁写的。我夸奖她说字写得真好！她高兴地笑了，让我赶紧往后翻书。我翻开一看，书里面好多页之间夹着一张或两张玻璃糖纸，都快把整本书夹满。每张糖纸的颜色和图案都不一样，花团锦簇的，非常好看。我认真地一页一页地翻，一页一页地看，从头看到尾。

那时候，姐姐常来信，信封上贴着花花绿绿的邮票，我刚开始积攒邮票，我只知道集邮，还没有听说集糖纸的。我禁不住接着夸小洁："你真够棒的，攒了这么多的糖纸！真好看！你怎么一下子攒这么多糖纸的呀？"

她告诉我，爸爸妈妈每一次回家看她，都会给她买好多的奶糖，探亲假结束，爸爸妈妈回部队了，奶奶怕吃糖吃坏了牙，只许她一天吃一颗奶糖，她一颗颗吃着奶糖，一天天数着日子，盼望着爸爸妈妈再回来看她。开始是奶奶帮助她把每天吃完奶糖扔的糖纸，随手夹在她爸爸读过的这本诗集里，夹的糖纸多了，她觉得挺好看的，自己就开始积攒起糖纸来了，糖纸越来越多，把这本书都给撑得鼓胀了起来。

"每次我爸爸妈妈回来，我都让他们给我买不一样的奶糖，我的玻璃糖纸就更多更好看了！"小洁看我这么欣赏她的糖纸，非常高兴地对我说。

其实，我不光是看她攒的这些漂亮的糖纸，更是看每一页上面的诗，那时候，我已经看了很多文学方面的书，喜欢看诗。虽然密密麻麻的诗句看不全，但每一首的作者是能看到的，记住了有田间、徐迟、袁鹰、艾青、郭小川、公刘、贺敬之、张志民、李学鳌……大多是我听说过的诗人，却还没有看过他们的诗，我真想看看这些诗，便对小洁说："你能把这本书借我看两天吗？"

她立刻点头说："行！"

这本《祖国颂》，在我手里，从头到尾仔细看了一遍，还抄了好多首诗。这是我第一次读到这么多诗人写的关于祖国的诗歌。我把书还给小洁，谢了她。她扬着小脸，很奇怪地问："谢什么呀？"

她还会常拿着玻璃糖纸找我玩，不过，不再玩玻璃糖纸遮住眼睛看太阳的把戏了，而是教我怎么把一张玻璃糖纸折成一个小人，一只小鸟。她的手指很灵巧，不一会儿的工夫，就能折成一个小人，一只小鸟，是穿着裙子跳舞的小姑娘，是张开翅膀会飞的小鸟。说是教我，其实，是在表演给我看呢。

我问她："你可真行！谁教你的呀？"

她告诉我，是她奶奶。

我读初二的时候，小洁的爸爸妈妈从部队转业回到北京，把小洁接走了。那一年，小洁要上小学一年级了。临走的前一天晚上，小洁跑到我家找我，手里拿着那本夹满玻璃糖纸的《祖国颂》，说是送给我了！我很有些意外，这本书里，积攒着她的糖纸，也积攒着她的童年。我自己集邮，集了一本的邮票，可不舍得给人，她却那么大方地把这一整本糖纸送给了我，我连忙推辞。她却很坚决："我爸爸妈妈总给我买奶糖，我的玻璃糖纸多的是！再说，我知道，你喜欢这本书里的诗。"

我再也没有见到过小洁。每一次看到这本《祖国颂》，我都会想起她。

借书奇遇记

一九七一年的冬天。那天，"大烟泡儿"铺天盖地地刮了一整天。我在二队里的猪号里干完活，刚吃完晚饭不久，饲养棚的门被推开了，是我的一个在场部兽医站工作的同学。看着他一身雪花像个雪人一样突然出现我的面前，心里很是惊讶。从他那里到我这里，要走整整十六里的风雪之路呀。我以为出了什么事情。

他不容分说，让我赶紧穿好衣服，匆忙地拉着我就往外走。外边的雪下得正猛，我们两人冲进风雪中。白茫茫的一片，立刻吞没了我们。

一路上，我才知道，他们兽医站有一个叫作曹大肚子的人，是钉马掌的，不知怎么听说二队出了我这么一号人，挨整后发配到了猪号。同学告诉他"这个肖复兴是我的同学"，而且，还告诉他我特别想看书，把从北京带去的一箱子的书都翻烂了……只那么随便地一聊。就在那天傍晚要下班的时候，曹大肚子对我的这个同学讲："你让你的那个同学肖复兴来找我！他不是爱看书吗？"

"你听听，他这口气，不小呢。我这不立马儿就跑来找你，不管他是真有书还是假有书，明天一清早，他来上班看见你在兽医站等着他呢，先表明咱们心诚。"

他想得真周到。那时，队上只有队部里一部电话，根本不会为我跑到猪号那么老远去传电话，他只好跑那么远，顶着风雪来回三十二里地奔波，我心里翻起一阵热浪头。

虽然对这个曹大肚子心存疑惑，但也幻想着他备不住会藏龙卧虎，别错过了机缘而遗憾。书，仅仅是为了书，而不是如今时髦的美景或美女什么的，竟然也能够有如此诱惑，冬天里的一把火一样，立刻燃烧起腾腾的火焰，从心里一直蹿到天灵盖，让我们有一种"远道赴约绝对不能迟到"的蓦然而起的冲动。

我们两人急匆匆往兽医站赶，在零下几十摄氏度的寒夜里，竟然走出了一身的汗。第二天一清早，曹大肚子出现在我们的面前，我的同学向他介绍我的时候，我看出他有几分惊讶。没有想到风雪之中我们是如此神速。

第一印象是很深刻的：他中等个儿，很胖，穿着一身旧军装，挺着小山凸起般的大肚子，双手背在身后，眼睛望着上面，似乎根本没有看我，有几分傲慢地问我："你都想看什么书呀？写个书单子给我吧！"

我当时心想，莫非这家伙真是有藏书，还是驴死不倒架摆这个派头？因为昨天夜里和同学在一铺炕上睡觉时，我已经向同学打听清楚了，他以前是我们农场办公室的主任，当过志愿军，一九五八年十万转业官兵到北大荒的时候，从辽宁的沈阳军区来到了北大荒。一九六五年开发大兴岛时，从七星河调到这里。"文化大革命"里倒了霉被打成走资派批斗之后，发配到兽医站钉马掌。

听他说话的那口气，似乎不容置疑，半信半疑之中，我写下三本书的书名。到现在依然清晰地记得：一本是亚里士多德的《诗学》，一本是伊萨科夫斯基的《论诗的秘密》，一本是艾青的《诗论》。说老实话，我心里是想为难他一下，别那么牛，这三本书就是在北京当时也不好找，别说在这荒凉的北大荒了。我是不相信，这样三位老人，能存活在一片风雪荒原之上的。

谁想到，当天的下午，他来兽医站上班，把用报纸包着的三本书递到我的手中，打开一看，一本不差，还真的是这三本书。我对他不敢小看，不知水到底有多深。

在北大荒最后的两年多时间，曹大肚子那里成了我的图书馆。但是，每一次借书，他都要我写个书单子，他回家去找，这成了一个铁打不动的规矩。一般他都能够找到，如果找不到，他就替我找几本相似的书。他从不邀请我到他家直接借书。我也理解，既然藏着这么多的书，他肯定不想让人知道，要知道那时候这些书都是属于"封资修"，谁想引火烧身呀？况且，他正在倒霉，一顶走资派的帽子拿在群众的手里，什么时候想给他扣上就能够扣上。如果加上他借这样的书给我，一条罪状：腐蚀知识青年，够他喝上一壶的了。我便和他一直保持着这样的借书关系，每一次都跟地下工作者在秘密交换情报似的。破报纸里包着的只有我们知道的秘密。

曹大肚子的书，帮助我抵挡了身边的孤独，内心的苦闷，还有日复一日的无聊与漫长。在我二十四岁到二十七岁那三年的时间里，那些书帮助我迈过了人生关键的门槛，让我觉得即使是孤独和苦闷也是美好的，即便一身衣衫褴褛，心里也感到是富有的，足以抵挡眼前一切的风雪弥漫，好像总会觉得有什么美好的事情，有谁远处的呼唤，会在寒村荒原上发生、回响。

记得第二年的开春，我在二队播种，站在播种机的后面，看着大豆的种子一粒粒地撒进地里，远处朦朦胧胧闪动着绿茵茵的影子，忽然感觉就在那一刻，地头上走来一个女知青的影子，像是我童年时结识的女友，她一步一步姗姗地远远向我走来，我竟然那样不管不顾，立刻从播种机上跳了下来，向地头跑了过去。跑到了地头，见到的是一个陌生的女人。但那片刻涌动在心头春潮一般的幻觉，是那样让我难忘，尽管也是那样可笑。那一切包括可笑在内的美好幻觉，和如同泡影一样瞬间破碎的想象。我知道，都是从那时读过的书中得来的。那些书，都来自曹大肚子。是他的那些书给予我这些幻觉和想象，让我可笑，却不再可怜，而有了旁人所没有的自我感动，甚至是激动人心的瞬间。

我曾经把这一时错觉和可笑的举动对曹大肚子讲过。我等待着他的赞赏，或嘲笑。但是，他静静地听我讲完，没有说什么，只是轻轻地拍了拍我的肩膀。过了几天，见到我，他对我说："我没看错你，你一定会写出东西来的。"

我一直把曹大肚子当成我的知音，尽管那时我还没有发表一篇东西，但是，我已经悄悄地在写，而且一口气写了十篇散文。我曾经拿出其中几篇给他看过，他看后没对文章有什么臧否，只是问我："你看过林青的散文吗？"我知道林青是北大荒的一位作者，和曹大肚子一样，都是一九五八年复员转业到北大荒来的那批军官。便告诉他，我初三的时候，买过一本林青的散文集《冰凌花》，是上海少儿出版社出版的。听我说完，他又问我："林青还有一本散文集，你看过吗？"看我迟疑的目光，他接着说，"是《大豆摇铃的时节》，我应该有，我回去给你找找。我看你写的散文，和他有点儿像。"他说话不动声色，从来都是这样，但我能够感到他冷面中一份压抑或隐藏的感情。

在荒凉的北大荒，居然还有这样一个人，私藏有这样多的书，不仅借我，还主动推荐给我看，好像他家里是一个无底洞，藏着我永远也看不完的书。这简直是一个不可想象的奇迹。对于曹大肚子，我有时觉得他是个怪人。我很想接近他，但他和我总是若即若离，像一朵缥缈的云彩，你总是摸不着它。说老实话，我想接近他，是因为心里总是充满好奇，这家伙到底藏着多少书？他越是不让我到他家去自己挑书，我便越是蠢蠢欲动，总想到他家里去看个究竟。

不过，这样的念头就像是皮球一次次被我压进水里，又一次次地浮出水面。心有不甘，又不忍心打搅他，生怕有什么闪失，或者惹他生气，断送了我好不容易从天而降的借书的道儿。

这样的念头，像冻僵而未死的蛇一样，会在突然之间苏醒过来，吐着蛇信子，咬噬我的心，无比难受。

一九七三年的深秋季节，我下决心不请自到去他家里一探虚实。之所以时间记得这样清楚，是因为到现在也忘不了那个晚上，我刚刚推开他家的篱笆门，一条大黄狗汪汪叫着就扑了上来，吓得我连连后退，那大黄狗还是一步就蹿了上来，一口咬在我的右腿上，把我扑倒在地。曹大肚子两口子闻声跑了出来，一看是我，把狗唤住牵过去后忙问："咬着没有？"幸亏是秋深时候天冷了，我穿着厚厚的秋裤，才没咬伤我的肉。所以，那个惊魂未定的秋天，无形中加深了我对曹大肚子的印象。

外面的裤子和里面的秋裤都被咬了个大口子。这条大黄狗够狠的。曹大肚子不好再把我拒之门外了，只好无可奈何地把我迎进门。门旁站着一个胖乎乎的小姑娘，好奇地望着我，无疑是曹大肚子的老闺女了。

一进屋，我就四下打量，一间屋子半间炕，几把破椅子，一个长条柜。那些书都藏在哪里呢？莫非就像是安徒生的童话，伸手即来，撒手即去吗？曹大肚子的老婆让我脱下裤子，指着灶台边的另一间屋说："我那儿有缝纫机，我帮你把裤子上的大口子缝上。"

曹大肚子把我请上热炕，给我倒了一杯热水，他那个小闺女一直在一旁好奇地望着我。我的心还在他的那些藏书上面呢，根本没有怎么注意他们这一家三口。我开始怀疑炕对面贴墙的那一面大长条柜，会不会把书藏在那里面？就像阿里巴巴的那个宝洞，只要我喊一声"芝麻开门"，就能够向我敞开里面的秘密？

曹大肚子知道我到他家来的目的，只是不请自来，让他没有料到。他还是像平常那样不动声色，递给我一张纸和一支笔，依然是老规矩，让我先写书名，然后拿起我写的书单子，没有任何表情地说了一句："我帮你找找看。"看来我被他家狗咬的惊险举动，根本没有感动他。

记忆真是非常奇特，很多事情都忘记了，但那天晚上写的书名，过去了将近五十年，记得还是非常清楚。我写的是陈登科的《风雷》、王汶石的《风雪之夜》、费定的《城与年》、卡维林的《一本打开的书》几本书名。他让我等等，自己一个人走出了屋。他的老闺女跟着他也出了屋。屋里只剩下了我一个人，一下安静了许多。幽暗的灯光下，对面的长条柜泛着乌光，像头睡着的老牛。他老婆替我补裤子轧缝纫机的声音，阵阵传来，一切显得有几分神秘，总觉得好像有什么事情要发生似的。

我犹豫了一下，穿着一条秋裤，还是悄悄地跟着他走出了屋。他老婆踩着缝纫机的声音很响，像是响着我怦怦的心跳。只见他提着一盏马灯，走出屋子，往旁边一拐，进他家屋旁的一间小偏厦，那是一般家里放杂物和蔬菜的仓库。门很矮，他凸起的大肚子很碍事，弯腰走进去有些艰难。看他走进去了半天，我在犹豫是不是也跟着进去。

为什么要把他的秘密打破呢？干吗不让它就像是童话一样保留在他的心中，也保留在我的心中呢？况且，那条大黄狗正吐着舌头蹲在偏厦门口不远的地方，凶狠狠地望着我，真怕我一走过去它就向我扑过来。

秋风瑟瑟，掠过树梢吹过来，吹得树叶子飒飒直响，吹得我身上有些发抖。但那时候我还年轻，到底忍不住好奇心的诱惑，豁出去了，还是走了过去，一边走一边胆战心惊地望着那狗，还好，它没叫唤，也没扑过来。

走进偏厦一看，好家伙，满满一地都是用木板子钉的箱子，足足十几个，里面装的都是书。它们趴在有些潮湿阴冷的地上，像趴着一个个怪兽，冷眼飕飕地看着我。那一刻，我真的有些震惊，想不到一个老北大荒人，在那样偏僻的地方，居然能够有那么多的书。那么多的书，他是怎么从沈阳那么老远那么费劲巴哈地搬了过来，又藏了下来呢？我心里暗想，这得花多少功夫、精力和财力，才能够做到啊。

曹大肚子正俯着身子，聚精会神地替我找书。我站在他的身后好久，他居然没有发现。门敞开着，风吹进来，吹得马灯的灯芯弓着和他一样的样子，和他胖胖弯腰的影子一起映在墙壁上，很像是一幅浓重的油画。那条大黄狗已经悄悄地走到了偏厦门口，翘起尾巴蹲在那里，我们都没有发现。

这时候，他回过头来，看见了我，他先是惊讶得眉毛一挑，然后是嘿嘿地一笑，我也跟着他嘿嘿地一笑，我们的笑都有些尴尬。那一刻，我到现在还清晰地记得，他的手正从箱子里拿出陈登科的《风雷》的上册。

从此，他家对我门户开放。在以后返城的日子里，我曾经写过一本小说，书名叫作《北大荒奇遇》，有人曾经问过我："北大荒真的发生过什么奇遇吗？"现在想想，如果说我在北大荒真有什么奇遇的话，到曹大肚子家去探宝，该算是一桩吧！

可惜这样的好日子不长，第二年的春天，我就离开了北大荒。离开大兴岛前，曹大肚子请我到他家吃了一顿晚饭，非常奇怪的是，他老婆炒的别的菜，我都记不得了，唯独曹大肚子端出的一盘糖西红柿，我总也忘不了。那个年代，还有保存到春天的西红柿，也真算得上是奇迹。盘腿坐在他家炕上吃饭的时候，太阳还没有完全落山，夕阳辉映在他家窗户上那猩红的影子，总好像就在眼前闪动一样。现在，只要一想起那天他请我吃饭，我想起的就是那盘西红柿，就是那窗户上夕阳那猩红色的影子。

我一直这样认为，在动荡的知青岁月里，唯有这三者给我们以默默的帮助和一点一滴的救赎：一是我们自己的爱情，一是当地质朴的百姓，还有就是那些难忘的书籍。爱情是我们的一针补剂，百姓是我们的一碗垫底的酒（就像当时革命样板戏《红灯记》里李玉和唱的那样：有这碗酒垫底，什么都能够对付），书籍就是一贴伤湿止痛膏。我非常感谢曹大肚子和他的那些书，在那些充满寂寞也充满书荒的日子里，他家的那些书奇迹般地出现，从那些发黄发潮的纸页间，从那些密密麻麻的白纸黑字里，跳出了无数神奇的神灵，不仅滋养了我贫瘠的感情和精神，帮助我拿起笔学习写作，还让我感受到荒凉的北大荒神奇的一面，让我对这片土地不敢小视、不敢怠慢、不敢轻薄，让那些逝去了的日子有了丰富而温暖的回声，什么时候只要在心里轻轻地呼唤一下，就能够响起遥远的共鸣。

总有一些瞬间温暖远去的曾经

退休后，学习格律诗，自娱自乐，打发时间。马上就到了去北大荒五十三年的日子，前两天，写了一首小诗，怀怀旧——

未出榴花绿满阴，不禁又去一年春。

破书成束诗中梦，残月临窗影外人。

野草荒原忆狐魅，疏灯细语诉风尘。

绝无消息传青鸟，只是偶思福利屯。

这里写到的福利屯，就是五十三年前的夏天我们离开北京到北大荒下火车的地方。这是我国北方东北方向最偏远的一个火车站了。在未设立集贤县之前，福利屯一直隶属富锦县。我一直不明白，火车站为什么不建在县城，而建在一个离县城很远的偏僻荒凉的小镇上？

这确实是一个非常小的小镇，但它却是一个古镇。火车站也是

108

老站，伪满洲国时期就有了。记得下火车是黄昏时分，这时候这里夏日的风，已经没有北京那样的燥热，而有些清爽湿润的感觉，因为不远处便是松花江。落日迟迟不肯垂落，漫天的晚霞，烧得红云如火，在西天肆意挥洒。北国，北国风光！这里便是真正的北国风光了，我在林予的长篇小说《雁飞塞北》、林青的散文《大豆摇铃的时节》中看到并向往的地方了。

站台前面，只有一座低矮的房子和简单的木栅栏，便是火车站的站房了。站在空旷的站台上，等着行李卸车，望望四周，一面是完达山的剪影立在夕阳的灿烂光芒里，一面是三江平原一望无际的平坦如砥，再有便是黑黝黝的铁轨冰冷地伸向远方，茫茫衔接的就是我们从北京一路奔来的路程，也仿佛连接着古今和未来。

以后，我们每一次回北京，或者从北京再回北大荒，或者是去佳木斯、哈尔滨办事，都得在这里上车下车。福利屯，成为我们生命旅程中必不可少的一个节点，绿皮车厢，硬木车座，火车头喷吐的浓烟，成为青春时节记忆飘散不去的象征。只是那时候我们站在这夏日黄昏的清风中，不知道未来迎接我们的命运是什么，吃凉不管酸，一腔空荡荡的豪情。

我将这首诗微信发给了当年插队的同学，其中到吉林一个叫新发屯农村插队的同学立刻回信说："你偶思的福利屯，我似乎并不陌生，五十多年前，你有封信中说'车过福利屯，上车后给你的信尚未写完……'，年华如此匆匆而过，你的诗令我感到仿佛如昨。"

她的这话，让我很感动，五十多年前的一封信，谁还能记住？她在遥远的新发屯，并不在也从来没有来过福利屯，福利屯不是新发屯，过去了五十多年，怎么可以记住福利屯这个那么小那么偏僻的地名？

我回复她，感谢她。她回信说："回忆中，总有一些瞬间，能温暖整个远去的曾经。"

这话说得有点儿诗意，但她说的这意思真好。其实，那时候，我和她并不很熟，只是因为她是我的一个同学的好朋友，爱屋及乌，联系上了，和她有了通信。那时候，我爱写信，似乎很多知青都爱写信。这种传统古典的方式，特别适合风流云散的知青朋友之间抒发那个时代大而无当又缠绵自恋的情怀。她所说的车过福利屯还趴在火车上写信的情景，只能发生在那时的青春季节里。尽管生活艰苦，命运动荡，未来一片渺茫，心里还是充盈着似是而非未可知的希望，如同车窗外如流萤一般飞驰而过的灯火，总还在眼前闪闪烁烁。那时候，正偷偷看托尔斯泰的《安娜·卡列尼娜》，总恍惚地以为火车头喷吐的浓烟过后，露出的是安娜一张漂亮成熟的脸庞。

我已经记不得信里写的都是些什么了，但一封五十多年前普通的信还能被人记住，也是极其罕见的事情了。在颠簸的绿皮硬座车厢里写那些似是而非的信的情景，如今可以成为一幅感动我们自己的画了。她说得对，起码在那一瞬间，感动过我们自己，觉得信中那些即便空洞的话也慰藉我们彼此，觉得在缥缈的前方会有什么事情可能发生，即使什么也没有发生，或者发生的并不是我们所预期的。火车头喷吐的浓烟过后，并没有出现漂亮的安娜，而不过是卡西莫多。

是的！回忆中，总有一些瞬间，能温暖远去的曾经。她的话，让我想起了另一个和福利屯相关的瞬间。有一次，我从福利屯上了了火车，车驶出站台，开出不一会儿，车头响起一阵响亮的汽笛。起初，我没怎么在意，以为前面有路口或是会车而必须得鸣笛。后来，我发现并没有任何情况，列车在一马平川的原野上奔驰。为什么要在这时候鸣笛？我把这个疑问抛给了正给我验票的一个女列车员。她一听就笑了，反问我："你刚才没看见外面的一片白桦林吗？"我看见了，白桦林前还有一泓透明的湖泊。难道就是为了这个而鸣笛？年轻的女列车员点头说："就为了这个，我们的司机师傅就喜欢这片白桦林。"

下一次，火车驶出福利屯，经过这片白桦林时，透过车窗，我特意看了一下，发现是很漂亮的风景，白桦林的倒影映在湖水中，拉长了影子，更加亭亭玉立。火车经过这里不过半分多钟，一闪而过，车头正响起响亮的汽笛，缭绕的白烟拂过，在那个落日熔金的黄昏，定格为一幅如列维坦作品般的油画。

总有一些瞬间，能温暖远去的曾经。

福利屯！

阳光的三种用法

童年住在大院里，都是一些引车卖浆者流，生活不大富裕，日子各有各的过法。

冬天，屋子里冷，特别是晚上睡觉的时候，被窝里冰凉如铁，家里那时连个暖水袋都没有。母亲有主意，中午的时候，她把被子抱到院子里，晾到太阳底下。其实，这样的法子很古老，几乎各家都会这样做。有意思的是，母亲把被子从绳子上取下来，抱回屋里，赶紧就把被子叠好，铺成被窝状，留着晚上睡觉时我好钻进去，被子里就是暖乎乎的了，连被套的棉花味道都烤了出来，很香。母亲对我说："我这是把老阳儿叠起来了。"母亲一直用老家话，把太阳叫老阳儿。

从母亲那里，我总能够听到好多新词儿。把老阳儿叠起来，让我觉得新鲜。太阳也可以如卷尺或纸或布一样，能够折叠自如吗？在母亲那里，可以。

街坊毕大妈，靠摆烟摊养活一家老小。她家门口有一口半人多高的大水缸。冬天用它来储存大白菜，夏天到来的时候，每天中午，她都要接满一缸自来水，骄阳似火，毒辣辣地照到下午，晒得缸里的水都有些烫手了。水能够溶解糖，溶解盐，水还能够溶解阳光，大概是童年时候我最大的发现了。溶解糖的水变甜，溶解盐的水变咸，溶解了阳光的水变暖，变得犹如母亲温暖的怀抱。

毕大妈的孩子多，黄昏，她家的孩子放学了，毕大妈把孩子们都叫过来，一个个排队洗澡，毕大妈用盆舀的就是缸里的水，正温乎，孩子们连玩带洗，大呼小叫，噼里啪啦的，溅起一盆的水花，个个演出一场哪吒闹海。那时候，各家都没有现在普及的热水器，洗澡一般都是用火烧热水，像毕大妈这样法子洗澡，在我们大院是独一份。母亲对我说："看人家毕大妈，把老阳儿煮在水里面了！"

我得佩服母亲用词儿的准确和生动，一个"煮"字，让太阳成了我们居家过日子必备的一种物件，柴米油盐酱醋茶，这开门七件事之后，还得加上一件，即母亲说的老阳儿。真的，谁家都离不开柴米油盐酱醋茶，但是，谁家又离得开老阳儿呢？虽说如同清风朗月不用一文钱一样，老阳儿也不用花一分钱，对所有人都大方而且一视同仁，而柴米油盐酱醋茶却样样都得花钱买才行。但是，如母亲和毕大妈这样将阳光派上如此用法的人家，也不多。需要一点智慧和温暖的心，更需要在艰苦日子里磨炼出的一点儿本事，这叫作少花钱能办事，不花钱也能办事，阳光才能够成为了居家过日子的一把好手，陪伴着母亲和毕大妈一起，让那些庸常而艰辛的琐碎日子变得有滋有味。

对于阳光，大人有大人的用法，我们小孩子也有小孩子的用法。我家的邻居唐家大人是个工程师，他家有个孩子，比我大两岁，很聪明，就算喜欢招猫逗狗，总爱别出心裁玩花活儿。有一次，他拿出他爸爸用的一个放大镜，招呼我过去看。放大镜我在学校里看见过，不知他拿它玩什么新花样。我走了过去，他在放大镜底下放一张白纸，用放大镜对着太阳，不一会儿，纸一点点变热，变焦，最后居然烧着了起来，腾的蹿起了火苗，旋风一般把整张白纸烧成灰烬。

又有一次，他拿着放大镜，撅着屁股，蹲在地上，对准一只蚂蚁，追着蚂蚁跑，一直等到太阳透过放大镜把那只蚂蚁照晕，爬不动，最后烧死为止。母亲看见了这一幕，回家对我说：老唐家这孩子心这么狠，小蚂蚁招他惹他了，这不是拿老阳儿当成火了吗？你以后少和他玩！

有时候，小孩比大人更心狠，小孩子家并不都是天真可爱。

苍蝇馆子和洗脚泡菜

也许，人生本来就有许多解不开的谜，
让生活充满着迷离的想象，
让人与人之间有着神奇的交流，
让庸常的日子有了温馨的念想和悬念。

荔枝

我第一次吃荔枝，是在二十八岁的时候。那时，我刚从北大荒回到北京，家中只有孤零零的老母亲，站在荔枝摊前，脚挪不动步。那时，北京很少见到这种南国水果，时令一过，不消几日，再想买就买不到了。想想活到二十八岁，居然没有尝过荔枝的滋味，再想想母亲快七十岁的人了，也从来没有吃过荔枝呢！虽然一斤要好几元，挺贵的，咬咬牙，还是掏出钱买上一斤。那时，我刚在郊区谋上中学教师的职，衣袋里正有当月四十二点五元的工资，硬邦邦的，便鼓起了几分胆气。我想让母亲尝尝鲜，她一定会高兴的。

回到家，还没容我从书包里掏出荔枝，母亲先端出一盘沙果。这是一种比海棠大不了多少的小果子，居然每个都长着疤，有的还烂了皮，只是让母亲一一剜去了疤，洗得干干净净。每个沙果都显得晶莹透亮，沾着晶莹的水珠，果皮上红的纹络显得格外清晰。不知老人家洗了几遍才洗成这般模样。我知道这一定是母亲买的处理水果，每斤顶多五分或者一角。居家过日子，老人就是这样一辈子过来了。不知怎么搞的，我一时竟不敢掏出荔枝，生怕母亲骂我大手大脚，毕竟这是那一年里我买的最昂贵的东西了。

我拿了一个沙果塞进嘴里，连声说真好吃，又明知故问多少钱一斤，然后不住口说真便宜——其实，母亲知道那是我在安慰她而已，但这样的把戏每次依然让她高兴。趁着她高兴的劲儿，我掏出荔枝："妈，今儿我给您也买了好东西！"母亲一见荔枝，脸立刻沉了下来："你当财主了怎么着？这么贵的东西，你……"我打断母亲的话："这么贵的东西，不兴咱们尝尝鲜！"母亲扑哧一声笑了，筋脉突兀的手不停地抚摸着荔枝，然后用小拇指指甲盖划破荔枝皮，小心翼翼地剥开皮又不让皮掉下，手心托着荔枝，像是托着一只刚刚啄破蛋壳的小鸡，那样爱怜地望着舍不得吞下，嘴里不住地对我说："你说它是怎么长的？怎么红皮里就长着这么白的肉？"毕竟是第一次吃，毕竟是好吃！母亲竟像孩子一样高兴。

那一晚，正巧有位老师带着几个学生突然到我家做客，望着桌上这两盘水果有些奇怪。也是，一盘沙果伤痕累累，一盘荔枝玲珑剔透，对比过于鲜明。说实话，自尊心与虚荣心齐头并进，我觉得自己仿佛是那盘丑小鸭般的沙果，真恨不得变戏法一样把它一下子变走。母亲端上茶来，笑吟吟顺手把沙果端走，那般不经意，然后回过头对客人说："快尝尝荔枝吧！"说得那般自然、妥帖。

母亲很喜欢吃荔枝，但是她舍不得吃，每次都把大个的荔枝给我吃。以后每年的夏天，不管荔枝多贵，我总要买上一两斤，让母亲尝尝鲜。吃荔枝成了我家一年一度的保留节目，一直延续到三年前母亲去世。

母亲去世前是夏天，正赶上荔枝刚上市。我买了好多新鲜的荔枝，皮薄核小，鲜红的皮一剥掉，白中泛青的肉蒙着一层细细的水珠，仿佛跑了多远的路，累得露出一张张汗津津的小脸。是啊，它们整整跑了一年的长路，才又和我们重逢。我感到慰藉的是，母亲去世前一天还吃到了水灵灵的荔枝，我一直认为是天命，是母亲善良忠厚一生的报偿。如果荔枝晚几天上市，我迟几天才买，那该是何等的遗憾，会让我产生多少无法弥补的痛楚。

其实，我错了。自从家里添了小孙子，母亲便把原来给儿子的爱分给孙子一部分。我忽略了身旁小馋猫的存在，他再不用熬到二十八岁才能尝到荔枝，他还不懂得什么叫珍贵，什么叫舍不得，只知道想吃便张开嘴巴。母亲去世很久，我才知道母亲去世前一直舍不得吃一颗荔枝，都给了她心爱的太馋嘴的小孙子吃了。

而今，荔枝依旧年年红。

苦瓜

原来我家有个小院，院里可以种些花草和蔬菜。这些活儿，都是母亲特别喜欢做的。把那些花草蔬菜侍弄得姹紫嫣红，像是把自己的儿女收拾得眉清目秀，招人耳目，母亲的心里很舒坦。

那时，母亲每年都特别喜欢种苦瓜。其实这么说并不准确，是我特别喜欢苦瓜。刚开始，是我从别人家里要回苦瓜籽，给母亲种并对她说："这玩意儿特别好玩，皮是绿的，里面的瓤和籽是红的！"我之所以喜欢苦瓜，最初的原因是它的瓤和籽格外吸引我。苦瓜结在架上，母亲一直不摘，就让它们那么老着，一直挂到秋风起时，越老，它们里面的瓤和籽越红，红得像玛瑙，像热血，像燃烧了一天的落日。当我兴奋地掰开这两片像船一样而盛满了鲜红欲滴的瓤和籽的瓜时，母亲总要眯缝起昏花的老眼看着，露出和我一样喜出望外的神情，仿佛那是她的杰作，是她才能给予我的欧·亨利式的意外结尾，让我看到苦瓜最终具有了这朝阳般的血红和辉煌。

以后，我发现苦瓜做菜其实很好吃。无论做汤，还是炒肉，都有一种清苦味。那苦味，格外别致，既不会传染给肉或别的菜，又有一种苦中蕴含的清香和苦味淡去的清新。

像喜欢院子里母亲种的苦瓜一样，我喜欢上了苦瓜这一道菜。每年夏天，母亲经常从小院里摘下沾着露水珠的鲜嫩的苦瓜，给我炒一盘苦瓜青椒肉丝。它成了我家夏日饭桌上一道经久不衰的家常菜。

自从这之后，再见不到苦瓜瓤和籽鲜红欲滴的时候，是因为再等不到那个时候了。

这样的菜，一直吃到我离开了小院，搬进了楼房。住进楼房，依然爱吃这样的菜，只是再也吃不到母亲亲手种、亲手摘的苦瓜了，只能吃母亲亲手炒的苦瓜了。

一直吃到母亲六年前去世。

如今，依然爱吃这样的菜，只是母亲再也不能为我亲手到厨房去将青嫩的苦瓜切成丝，再掂起炒锅亲手将它炒熟，端上自家的餐桌了。

因为常吃苦瓜，便常想起母亲。其实，母亲并不爱吃苦瓜。除了头几次，在我一再地怂恿下，她勉强动了几筷子，皱起眉头，便不再问津。母亲实在忍受不了那股异样的苦味。她说过，苦瓜还是留着看红瓤红籽好。可是，每年夏天当苦瓜爬满架时，她依然会为我炒一盘我特别喜欢吃的苦瓜肉丝。

最近，看了一则介绍苦瓜的短文，上面有这样一段文字："苦瓜味苦，但它从不把苦味传给其他食物。用苦瓜炒肉、焖肉、炖肉，其肉丝毫不沾苦味，故而人们美其名曰，'君子菜'。"

　　不知怎么搞的，看完这段话，让我想起母亲。

酸菜

　　又到了冬天，又到了吃酸菜的季节了。

　　如今吃酸菜，只有到副食店里去买，每袋一元八角，是那种经过科学高速发酵的科技产品。方便倒是方便了，而且颜色白白的，清清爽爽，只是觉得味道怎么也赶不上母亲渍的酸菜。也曾经到私人作坊买过人工渍的酸菜，质量更是没有保证。还曾经到专门经营东北风味菜肴的饭店买过酸菜炒粉或酸菜氽白肉，过细的加工，倒吃不出酸菜的原汁原味了。

　　渍酸菜，的确是一门学问。每年到了冬天，大白菜上市以后，母亲都要买好多大白菜储存起来。母亲一般都是把棵大、包心的好白菜，用废报纸包好，再用破棉被盖好，剩下那些没心或散心、帮子多又大的次菜，用来渍酸菜。我家有个酱红色的小缸，是母亲专门用来渍酸菜的。那缸的历史几乎和我的年龄不相上下，因为打我记事起，母亲就用它来渍酸菜。每年母亲是把渍酸菜当成大事来办的，因为几乎一冬全家的酸菜熬肉、酸菜粉丝汤、酸菜馅饺子，都指着它了。母亲先要把缸的里里外外擦得干干净净，然后烧一锅滚开的水，把一棵白菜切开四瓣儿，扔进锅里一渍，捞将出来，等它凉后码放在缸里，一层一层撒上盐，再浇上一圈花椒水。这些先后顺序是不能变的，而且绝对不让人插手帮忙。最后，在缸口包上一层纸，不能包塑料布，那样不透气，酸菜和人一样，也得喘匀了气才行，渍出来才好吃。

那时候，只关心吃，不操心别的，不知道母亲渍酸菜到底要渍多长时间，便没有把母亲这门学问学到手。只记得不到时候，母亲是不允许别人动她这个宝贝缸子的。当她的酸菜渍好了，她亲手为全家做一盆酸菜熬肉或酸菜粉丝汤，看着我和弟弟狼吞虎咽，吃得香喷喷，满脸的皱纹便绽开成一朵金丝菊。对于母亲，渍酸菜是变废为宝，是把菜帮子变成上得席面的一道好吃的菜，是用有限的钱过无限的日子，并把这日子尽量过得有滋有味。那时候，是母亲的节日。

母亲渍的酸菜伴我度过整个童年、青年，甚至大半个壮年时期。自从母亲在那年的夏天突然去世，我吃的酸菜只有到副食店里去买了。

母亲渍的酸菜确实好吃，不像现在买的酸菜，不是不酸，就是太酸；不是硬得嚼不动，就是绵得没嚼头。其实，酸菜不是什么上等的名菜，母亲渍酸菜的技术是年轻时在老家闹饥荒时学来的，她好多次说那时候渍的酸菜是什么呀，净是捡来的烂菜帮……像现在的孩子不爱听父母讲过去的陈芝麻烂谷子一样，那时我也不爱听。母亲去世之后，我自己也曾经学着渍酸菜，但那味道总不地道。我知道，艰苦时学到的学问是刻进骨髓的，平常的日子只能学到皮毛。

如今，我只有到副食店里去买酸菜。如今，只有母亲渍过大半辈子的酸菜缸还在。

独草莓

　　姐姐家在呼和浩特，她住一楼，房前有块空地，种着一株香椿树、一株杏树和一株苹果树。退休之后，姐姐把这块空地开辟成了菜园。翻土，播种，浇水，施肥……每天乐此不疲。姐姐一辈子在铁路局工作，年年是劳动模范，局里新盖了高层楼，分她新房，面积多出三十多平方米。她不去，舍不得她的这片菜园。孩子们都说她，如今，一平方米房子值多少钱？你那破菜园能值几个钱？却谁也拗不过她，只好随了她。

　　我已经好多年没有见到姐姐了。今年，是姐姐的八十大寿，说什么也要来看看姐姐。想想六十三年前，一九五二年，姐姐十七岁，就只身一人来到内蒙古，修新建的京包线铁路。那时候，我才五岁，弟弟两岁，娘亲突然逝去，姐姐是为了帮助父亲扛起家庭的担子，才选择来到了塞外。姐姐每月往家里寄二十元钱，一直寄到我二十一岁到北大荒插队。那时候，姐姐每月的工资才几十元钱呀！姐姐说起当年她去内蒙古离开家时，我和弟弟舍不得她走，抱着她的大腿哭的情景，仿佛岁月没有流逝，一切都恍若眼前。

来到姐姐家，先看姐姐的菜园。菜园不大，却是她的天堂，那里种着她的宝贝。特别是姐夫几年前病逝之后，那里更是她打发时光、消除寂寞的好场所。菜园被姐姐收拾得井井有条，丝瓜、扁豆满架，南瓜满地爬，小葱棵棵似剑，韭菜根根如阵，西红柿、黄瓜和青椒，在架子上红的红，青的青，弯的弯，尖的尖……忍不住想起中学时学过的吴伯箫的课文《菜园小记》里说的，真的是姹紫嫣红。这么多的菜，吃不完，送给邻居，成为姐姐最开心的事情。

菜园旁，立着一个大水缸，每天洗米洗菜的水，姐姐从厨房里一桶一桶拎出来，穿过客厅和阳台，走进菜园，把水倒进水缸，备用浇菜。节省一辈子的姐姐，常被孩子们取笑，而且，劝她说现在菜好买，什么菜都有，就别整天忙活这个了，好好养老不好吗？姐姐会说，劳动一辈子了，不干点儿活儿难受。想想，在风沙弥漫的京包铁路线上餐风饮露，这是她念了一辈子的经文，笃信难舍。再想想，人老了，其实不是享清闲，而是怕闲着，能有点儿事干，而且，这事干着又是快乐的，便是养老的最好境界了。姐姐种的那些菜，便有她自己的心情浸透，有她对往事的回忆，是孩子们都上班上学之后孤独时的伙伴，她可以一边侍弄着它们，一边和它们说说话。

她的菜园，她就像是自己的孩子被夸一样高兴。我对她的菜园赞不绝口。姐姐指着菜园前面绿葱葱的植物，我没认出是什么。她对我说："这里原来种的是生菜和小水萝卜，今年闹虫子，我把它们都给拔了，改种了草莓。不知怎么闹的，也可能是我不会种这玩意儿，你看，春天都过去了，只结了一个草莓。"

我跟着她走过去，俯下身子仔细看，才看见偌大的草莓丛中，果然只有一颗草莓，个头儿不大，颜色却很红，小小的像红宝石一样，孤独地藏在叶子下面，好像害羞似的怕人看见。

"孩子们看着它好玩，都想摘了吃，我没让摘。"姐姐说。我问她："干吗不摘？时间一久，回头再烂了，多可惜。"姐姐笑着说："我心里盼望着有这么一个伴儿在这儿等着，兴许还能再结几个草莓！"

相见时难别亦难，和姐姐分手的日子到了，离开呼和浩特回北京的前一天晚上，姐姐蒸的米饭，我炒的香椿鸡蛋，做的西红柿汤，菜都来自姐姐的菜园。晚饭后，姐姐去了一趟菜园，然后又去了一趟厨房，背着手，笑眯眯地走到我的面前，像变戏法一样，还没等我猜，就伸出手张开来让我看，原来是那颗草莓。"你尝尝，看味儿怎么样。"姐姐对我说。

我接过草莓，小小的，鲜红鲜红的，还沾着刚刚冲洗过的水珠儿，真不忍心下嘴吃。姐姐催促着："快尝尝！"我尝了一口，真甜，更难得的是，有一股在市场买的和采摘园里摘的少有的草莓味儿。这是一种久违的味儿。

无花果

　　在我们大院里，景家爱侍弄一些花花草草。有一年春天，景家的孩子送来一盆植物，我不认识是什么，只见花盆挺大的，那植物长得有半人多高，铺铺展展的大叶子，挺招人喜欢的。

　　景家屋前有一道宽敞的廊檐，他们家的花花草草、大盆小盆，都摆在廊檐下面，一年四季，除了冬天，花开花落不间断。他们家的廊檐下，简直就成了一道花廊，常常招惹蜜蜂蝴蝶在那里飞舞。

　　唯独这盆新来的植物不开花。我想，可能不像是桃花在春天开花。可是，都快过了夏天，它还是不开花，就像一个人咬紧嘴唇就是不说话一样。我想，它可能像菊花一样，得到秋天才开花吧。这个想法，遭到我们大院狗子的嘲笑。狗子比我大一岁半，高一个年级，那时候，暑假过完，他就要读四年级了，自以为比我懂得多，远远地指着景家这盆植物，对我说："知道吗？这叫无花果！不开花，只结果！"

　　无花果，我听说过，却是第一次见到。果然，暑假过后，景家的这盆无花果，在叶子间像藏着好多小精灵一样，开始结出了小小的圆嘟嘟的青果子，一颗颗地蹦了出来。

景家原来是个做小买卖的人家，有两个孩子，都各自成家，一个在外地，一个在北京，偶尔过来看看。景家只住着老两口，这些花花草草，就是老两口的伴儿。每天侍弄它们，给老两口找来很多的乐儿。

景家无花果的果子越长越大，颜色由青变得有些发紫的时候，狗子找到我，远远地指着景家廊檐下的无花果，问我："你吃过无花果吗？"我摇摇头，然后问他："你吃过吗？"他也摇摇头。那时候，住在我们大院里，大多都是穷孩子，像我，以前见都没见过，无花果是稀罕物，谁能有福气吃过呢？

"你敢不敢跟着我一起去景家摘几个无花果吃？"狗子这样问我，看我睁大了眼睛，刚说出"这不成偷了吗？我妈该……"就立刻打断我的话："就知道你不敢！胆子小得像耗子！"转身就跑走了。

第二天，在大院门口，我见到狗子，他很得意地对我说："可好吃了！可惜，你没有尝到，那味道，怎么说呢？特甜，还特别软，里面还有籽儿，特别有嚼劲儿，有股说不出的香味！"说心里话，狗子说得我的心里怪痒痒的，馋虫一下子被逗了出来。"后悔了吧？让你昨天跟我一起摘，你不去！"狗子说着风凉话。

晚上，狗子来我家，把我叫出屋，说："我还是真的又想无花果的味儿了，真的好吃，敢不敢跟我去景家？跟你说，天黑，他们根本看不见咱们！"

要说小时候真的是馋，神不知鬼不觉，我跟着狗子溜到景家屋前。窗子里的灯光幽暗，廊檐下更是黑乎乎一片，偷偷摘下几颗无花果，真的是谁也发觉不了。可是，我和狗子猫着腰在廊檐下转了一圈，没有看见那盆无花果。我心里想，肯定是昨天狗子没少偷摘，让景家老两口发现了，把无花果搬进屋里了。

果然，狗子在门口，伸手招呼我，我走过去一看，无花果真的搬进屋里，正在景家外屋客厅的地上。狗子轻轻地对我说了句："门没锁，你给我看着点儿，我溜进去，给你摘两个无花果就出来。"说完，他把门推开一条缝儿，像狸猫一样钻了进去，不知道碰到什么东西了，就听"哗啦"一声，惊动了景家老两口，拉亮了电灯，我和狗子，一个在门外，一个在门内，灰溜溜地出现在景家老两口惊讶的目光之下。那天晚上，我和狗子的屁股都各自挨了家长的一顿鞋底子。

在以后好几年的时间里，我几乎都忘记了无花果。一直到"文化大革命"爆发之后，秋天，我到南方大串联回来，狗子找到我，递给我几个乒乓球一样大小的圆嘟嘟的青中带紫的果子，对我说："知道这是什么吗？"我认出来了，是无花果，问他："哪儿弄来的？"他得意地说："甭问哪儿弄来的，是特意给你留的，尝尝吧！"我一口气吃了两个，里面是有籽儿，但特别小，哪里像他说的那么香，还特别有嚼劲儿？那时，我才知道，其实，狗子和我一样，小时候也没吃过无花果，一直到这时候才第一次吃这玩意儿。

我不知道的是，就在我去南方大串联的时候，狗子跟着一帮红卫兵抄了景家的家。真的有些匪夷所思，他去抄景家的家，就是为了吃人家的无花果。

那天半夜里，我闹肚子，上吐下泻，没有办法，我爸把我送到医院看急诊。大夫问我白天吃什么东西了，我说没吃什么呀！再一想，是吃了无花果。

不知道为什么，从那以后，我只要一吃无花果，一准儿闹肚子。有一年，已经是第一次吃无花果过去了三十多年以后的事了，在新疆库车的集市上，看到卖无花果的，那无花果又大又甜，禁不住诱惑，吃了两个，夜里就开始上吐下泻，而且发起烧来。

后来，读美国植物学家迈克尔·波伦所著的《植物的欲望》一书。我惊讶地看到他说，植物与人类有一种亲密互惠关系，人类自己也是植物物种的设计和欲望的对应物。这实在是大自然的神奇，也是命运对于人类惩戒的象征。

从此以后，我再也不敢吃无花果了。

金妈妈杏

  杏树，在我国是个古老的树种，起码在孔子时代就已经很旺盛，孔子讲学的地方叫作杏坛，四周就种满了杏树，可见杏树是和古柏一样神圣的树。非常奇怪的是，如今北京的孔庙里尽是柏树，没有了一株杏树。

  小楼一夜听春雨，深巷明朝卖杏花。说明南宋时陆游客居京城的时候，城里或城边还是有杏树的。可如今北京城里大街小巷也难找到一株杏树，杏树都被赶到了北京城外的山上。如果往北走，过了平谷和顺义，到了怀柔和密云，才能够见到山上一片片的杏林。

  我不知道杏树的沦落出自何时，也不知道杏在众多水果中的地位是否也同样在跌落。和苹果、葡萄、香蕉、梨这样的大众水果相比，杏可卖的时间极短。因为难以保存，很容易烂，一个杏烂，很快就会烂掉一筐。卖水果的，一般都不愿意卖杏。在北京，一年四季，什么水果都可以买到，真正属于时令水果的，就只剩下了杏。杏黄麦熟时节，水果摊上，卖杏只会卖那么短短的半个来月，香白杏卖过，黄杏一上市，基本就到了尾声。而且，卖的都是尖顶上带青的杏，为的是多保存几天。可是，和苹果、梨不一样，杏必须是树熟才好吃，放熟的，就是两个味儿了。

很多年以前，我到兰州，赶上杏熟时节，满街好多卖杏的，有一处在纸牌子上写着"金妈妈杏"。我见少识短，第一次见到这个名字，杏里面还有这样人情味浓的品种，不觉好奇，便买了他家的杏。卖主儿一边给我称杏，一边说："算是你有眼光，这是我们甘肃的名产，敢说是全中国最好吃的杏！不信你就尝尝吧！"

那杏金黄金黄的，有的一面带有一丝丝隐隐的金红，颜色油亮，像抹了一层釉。而且，个头儿很大，我从来没有见过这么大的杏，一斤才有十来个。关键是确实好吃，绵沙沙的，甜丝丝的，还有一股难以言传的清香。那香不像花香那样轻浮或过于浓郁，而像是经过沉淀之后慢慢浸透你的心里。

卖杏的看着我美美地吃了第一个杏后，说："没骗你吧？"

我问他为什么叫金妈妈杏，他答不上来，说："反正我们这里都这么叫！妈妈呗，还有比妈妈更亲更好的吗？杏和人是一个样的！"

我自幼喜欢吃杏，每年杏上市那短短的几天，都不会放过品尝它。那时候，杏很便宜，几分钱就能头一斤。比起枇杷、荔枝这样富贵的水果，杏属于贫民的水果，连带着我童年的记忆。可以说，除了到北大荒那六年，我年年都没有和杏失约。只是最近这几年到美国去看望孩子，时间都安排在春天和夏天，没能吃得上杏。美国没有什么杏树，超市里很少见到杏，即便有，也卖得很贵，而且味道远不如金妈妈杏。那几年，每每到杏黄麦熟时节，我都非常想念北京的香白杏和大黄杏。当然，还有金妈妈杏。

今年，杏黄麦熟时节，孩子从美国回北京，没有错过吃杏。由于我喜欢吃，连带着孩子也跟着吃，连连说好吃，比美国的杏好吃！

陪孩子一起到密云的黑龙潭玩，在售票处的门外，正好遇到一位卖杏的老大娘，她蹬着一辆三轮车，车上的两个大柳条筐里装满了杏，那杏个头儿不大，黄澄澄的，在午后热辣辣的阳光下格外明亮，和她那一头白发对比得过于醒目。

我对杏没有免疫力，忍不住走了过去。其实，上午经过怀柔，我刚买过杏。老大娘笑吟吟冲我说："都是刚从树上打下来的，甜着呢！青的也甜着呢！你尝一个！"说着，她掰开一个青杏递在我的手里。我吃了这个青杏，真的很甜，便和她聊起天来，知道自打杏熟之后，她天天骑着三轮车到这里来卖。我问她家种多少棵杏树，她说："那我可没数过，每年这个季节，能打几千斤吧！"我说："这么多杏，怎么不让你家老头儿来卖？为啥你自己一个人蹬车来卖？"她一摆手，说："我家老头儿这些年一直在外面打工，哪儿顾得过来？"我说："让你孩子来卖呀！"她又说："眼睛都指望不上，还指望眼眉毛？孩子考上了大学，结了婚住在城里，现在正忙活他们自己的孩子呢！""每年这几千斤杏，都是您自己一个人蹬着车跑这里卖的？都能卖得出去吗？"她有些欣慰地告诉我："还真的都卖出去了，借着黑龙潭这块地方，来的游人多。我卖得便宜，挣点儿是点儿，给儿子养孩子添点儿力呗！他也不容易！"说着，她拿起一个黄杏让我尝："不买也没事，都是自家的玩意儿！"

我尝了，要说甜和香，比不上金妈妈杏，但说味道，比金妈妈杏更让我难忘。那一刻，我想起了金妈妈杏。

佛手之香

　　那个星期天，我在潘家园旧货市场外面的街上，买了一个佛手。那时，这条街和市场里面一样热闹，摆满了小摊，其中一个小摊卖的就是佛手。卖货的是个山东妇女，十几个大小不一有青有黄的佛手，浑身疙疙瘩瘩的，躺在她脚前的一个竹篮里，百无聊赖的样子，像伸出长短不一、粗细不均的枝杈来吸引人们的注意。很多人不认识这玩意儿，路过这里都会问这是什么呀，这么难看，扭头就走了，没有人买。我买了一个黄中带绿的大佛手，她很高兴，便宜了我两块钱，说："我是大老远从山东带来的，谁知道你们北京人不认！"

　　这东西好长时间没有在北京卖了。记得上一次见到它，起码是四十多年前了。那时，我还在读中学，是春节前，在街上买回一个，个头儿没有这个大，但小巧玲珑，长得比这个秀气。那时，父母都还健在，把它放在拒子上，像供奉小小的一尊佛，满屋飘香。

　　我不知道佛手能不能称为水果，它可以吃，记得那时我偷偷掐下它的一小角，皮的味道像橘子皮的味道，肉没有橘子好吃，发酸发苦，很涩。那时，我查过词典，说它是枸橼的变种，初夏时开上白下紫两种颜色的小花，冬天结果，但果实变形，像是过于饱满炸开了，裂成如今这般模样。它的用途很多，可以入药，可以泡酒，也可以做成蜜饯。彼时我买的那个佛手没有摆到过年，就被父亲泡酒了，母亲一再埋怨父亲，说是摆到过年，多喜兴呀。

以后，我在唐花坞和植物园里看到过佛手，但都是盆栽的，很袖珍，只是看花一样赏景的。在北大荒插队时，每次回北京探亲结束都要去六必居买咸菜带走，好度过北大荒没有青菜的漫长冬春两季，在六必居我见过腌制的佛手，不过，已经切成片，变成了酱黄色，看不出一点儿佛指如仙的样子了。

我们中国人很会给水果起名字，我以为起得最好的便是佛手了，它不仅最形象，而且最具有超尘拔俗的境界。它伸出的枝杈，确实像佛手，只有佛的手指才会这样如兰花花瓣修长，曲折中有这样的韵致。这在敦煌壁画中看那些端坐于莲花座上和飞天于彩云间的各式佛的手指，确实和它有几分相似。前不久看了残疾人艺术团表演的《千手观音》，那伸展自如、风姿绰约的金色手指，确实能够让人把它们和佛手联系在一起。我买的这个佛手，回家后我细细数了数，一共二十四根手指。我不知道一般佛手长多少佛指，我猜想，二十四根，除了和千手观音比，它应该不算少了。

我把它放在卧室里，没有想到它会如此香。特别是它身上的绿色完全变黄的时候，香味扑满了整个卧室，甚至长上了翅膀似的，飞出我的卧室，每当我从外面回来，刚刚打开房间的门，香味就像家里有条宠物狗一样扑了过来，毛茸茸的感觉，萦绕在身旁。我相信世界上所有的水果都没有它这种独特的香味。在水果里，只有菲律宾的菠萝才可以和它相比，但那种菠萝香味清新倒是清新，没有它的浓郁；有的水果，倒是很浓郁，比如榴梿，却有些浓郁得刺鼻。它的香味，真的是少一分则欠缺，多一分则过了界，拿捏得那样恰到好处，仿佛妙手天成，是上天的赐予，称它为佛手，确为得天独厚，别无二致，只有天国境界，才会有如此如梵乐清音一般的香味。西方将亨德尔宗教色彩浓郁的清唱剧《弥赛亚》中那段清澈透明、高蹈如云的《哈利路亚》，视为天国的国歌，我想我们东方可以把佛手之香，称为天国之香。这样说，也许并非没有道理，过去文字中常见珠玉成诗，兰露滋香，我想，香与花的供奉是佛教的一种虔诚的仪式，那种仪式中所供奉的香所散发的香味，大概就是这样的吧？《金刚经》里所说的处处花香散处的香味大概也就是这样的吧？

它的香味那样持久，也是我始料未及。一个多月过去了，房间里还是香飘不断，可以说没有一朵花的香味能够存留得如此长久，越是花香浓郁的花，凋零得越快，香味便也随之消失了。它却还像当初一样，依旧香如故。但看看它的皮，已经从青绿到鹅黄到柠檬黄到芥末黄到土黄，到如今黄中带黑的斑斑点点了，而且，它的皮已经发干发皱，萎缩了，像是瘦筋筋的，只剩下了皮包骨。想想刚买回它时那丰满妖娆的样子，让我产生的却不是美人迟暮的感觉，而是和日子一起变老的沧桑。

它已经老了，却还是把香味散发给我，虽然没有最初那样浓郁了，但依然那样清新沁人。那一刻，我忽然觉得它老得像母亲。是的，我想起了母亲，四十多年前，我第一次见到佛手的时候，母亲还不老。

太阳味道的西红柿

　　日子过得非常快，一旦成了历史，事情便很容易褪色。鲜亮的颜色总是漆在眼前或即将发生的事情上，而不在如烟的往事上。

　　在北大荒插队，秋天是最美的，瓜园里有吃不够的西瓜和香瓜，可以让我们解开裤带敞开吃。但过了秋天，漫长的冬季和春季别说水果，就是蔬菜都很难见到了。我们要一直熬到夏天的到来，才能终于尝到鲜，第一个鲜亮亮跑到我们面前的就是西红柿。在北大荒，我们是把西红柿当成宝贵水果吃的。想想一冬一春没有见过水果，突然见到这样鲜红鲜红的西红柿，当然会有一种和阔别多日的朋友（尤其是女朋友）见面的感觉。蠢蠢欲动是难免的，往往会等不到西红柿完全熟透，我们就会在夜里溜进菜园，趁着月光，从架上拣个大的西红柿摘，跑回宿舍偷偷地吃（如果能蘸白糖吃，那西红柿比任何水果都更要美味了）。

　　那时候，我最爱到食堂去帮忙，原因之一就是可以去菜园摘菜。北大荒的菜园很大，品种很多，最好看的还得数西红柿，其余的菜都是趴在地上的，比如南瓜、白菜、萝卜，长在架子上的菜总有一种高人一等的昂昂乎的劲头。但是，架上的扁豆还没有熟，北大荒的黄瓜五短身材难看死了，只有西红柿红扑扑的、圆乎乎的，样子就耐看。没有熟的，青青的，没吃嘴里先酸了；半熟不熟的，粉嘟嘟的，含羞带涩般像刚来的女知青；熟透的，从里到外红透了，坠得架子直弯直晃……

离开北大荒好久了，还是总能想起那里的西红柿，尤其是那种皮是红的，切开来里面的肉是粉的，我们管它叫作面瓢西红柿，有种难得的味道，不仅仅是甜是酸，也不仅仅是清新是汁水丰厚，真的是其他水果没有的味道。吃着这种西红柿，躺在一望无边的麦地里，或是躺在场院高高的囤尖上吃，是最美不过的了。我们会吃完一个再拿一个，直至吃得肚子鼓鼓的再也吃不下去为止。那西红柿被晒得热乎乎的，总有一种太阳的味道。

回北京这么长时间了，总觉得北京的西红柿不好吃，酸、汁水少，没有北大荒面瓢的那种。特别是冬天在大棚里靠人造温度和催熟剂长大的西红柿，味道就更差了。而在国外有一种转基因西红柿，样子很好看，价钱也便宜，但没有多少营养，简直没法吃。

想起我母亲还在世的时候，有一年春天，在院子里种了一株丝瓜、一株苦瓜，还种了一棵西红柿。在农村长大的母亲，对于种菜很在行，夏天，这几种玩意儿全活了，长势不错，只是结的西红柿长不大，就那样青青地愣在架上萎缩了，最后只剩下一个终于长大了，渐渐地变红了。我告诉母亲别摘它，就那么让它长着，看个鲜儿吧。夏天快要过去了，整天晒在那里，它快要蔫了，从困苦中熬出来，一辈子总是心疼粮食蔬菜的母亲，舍不得看着它蔫下去烂掉，最后还是把它摘了下来。在母亲的手里，西红柿虽然蔫了，却依然红红的格外闪亮。那一天，母亲用它做了一碗西红柿鸡蛋汤。说老实话，我没吃出什么味儿来。

　　唯一一次吃出西红柿鸡蛋汤味道的，是三十多年前，弟弟的一位从青海来的朋友，请我到王府井的萃华楼吃饭。那时他们在青海三线工厂工作，比我们插队的有钱。那时候，我已经离开北大荒回到北京好几年了。我是第一次到这样的饭店来吃饭，是冬天，是在北大荒没有水果没有蔬菜的季节，这位朋友点菜时说得要碗汤吧，要了这个西红柿鸡蛋汤。那是一碗只有几片西红柿的鸡蛋汤，但那汤做得确实好喝，西红柿有一种难得的清新。蛋花打得极好，像奶黄色的云一样漂在汤中，薄薄的西红柿片，几乎透明，像是几抹淡淡的胭脂，显得那样高雅。

　　我真的再也没有喝过那样好喝的西红柿鸡蛋汤了。也许，是离开北大荒太久了。也许，那仅仅是回忆中的味道。

白雪红炉烀白薯

如今，冬天里白雪红炉吃烤白薯（其他地区也称作红薯、番薯等），已经不新鲜，几乎遍布大街小巷，都能看见立着胖墩墩的汽油桶，里面烧着煤火，四周翻烤着白薯。这几年北京还引进了台湾版的电炉烤箱的现代化烤白薯，立马丑小鸭变白天鹅一样。在超市里买的烤白薯，价钱比外面的用汽油桶烤的高出不少，但会给一个精致一点儿的纸袋包着，时髦的小妞儿翘着兰花指拿着，像吃三明治一样优雅地吃。

在老北京，冬天里卖烤白薯永远是一景。它是最平民化的食物了，便宜，又热乎，常常属于穷学生、打工族、小职员一类的人，他们手里拿着一块烤白薯，既暖和了胃，也烤热了手，迎着寒风走就有了劲儿。记得老舍先生在《骆驼祥子》里，写到这种烤白薯，说是饿得跟瘪臭虫似的祥子一样的穷人，和瘦得出了棱的狗，爱在卖烤白薯的挑子旁边转悠，那是为了吃点儿更便宜的皮和须子。

民国时，徐霞村先生写《北平的巷头小吃》，提到他吃烤白薯的情景。想那时他当然不会沦落到祥子的地步，他写他尝烤白薯的味道时，才会那样兴奋甚至有点儿夸张地用了"肥、透、甜"三个字，真的是很传神，特别是前两个字，我是从来没有听说过谁会用"肥"和"透"来形容烤白薯的。

但还有一种白薯的吃法，今天在街头已经见不着了，便是煮白薯。在街头支起一口大铁锅，里面放上水，把洗干净的白薯放进去一起煮，一直煮到把开水耗干。因为白薯里吸进了水分，所以非常软，甚至绵绵得成了一摊稀泥。想徐霞村先生写到的"肥、透、甜"中那一个"透"字，恐怕用在烤白薯上不那么准确，因为烤白薯一般是把白薯皮烤成土黄色，带一点儿焦焦的黑，不大会是"透"，用在煮白薯上更合适。白薯皮在滚开的水里浸泡，犹如贵妃出浴一般，已经被煮成一层纸一样薄，呈明艳的朱红色，浑身透亮，像穿着透视装，里面的白薯肉，都能够丝丝地看得清清爽爽，才是一个"透"字承受得了的。

煮白薯的皮，远比烤白薯的皮要漂亮、诱人。仿佛白薯经过水煮之后脱胎换骨一样，就像眼下经过美容后的漂亮姐儿，须刮目相看。水对于白薯，似乎比火对于白薯要更适合，更能相得益彰，让白薯从里到外可人。煮白薯的皮，有点儿像葡萄皮，包着里面的肉简直就成了一兜蜜，一碰就破。因此，吃这种白薯，一定得用手心托着吃，大冬天站在街头，小心翼翼地托着这样一块白薯，嘬起小嘴嘬里面软稀稀的白薯肉，那劲头只有和吃"喝了蜜"的冻柿子有一拼。

老北京人又管它叫作"烀白薯"。这个"烀"字是地地道道的北方词，好像是专门为白薯的这种吃法定制的。烀白薯对白薯的选择和烤白薯的选择有区别，一定不能要那种干瓤的，选择的是麦茬儿白薯，或是做种子用的白薯秧子。老北京话讲：处暑收薯，那时候的白薯是麦茬儿白薯，是早薯，收麦子后不久就可收，这种白薯个儿小，瘦溜儿，皮薄，瓤儿软，好煮，也甜。白薯秧子，是用来做种子的，在老白薯上长出一截儿来，就掐下来埋在地里。这种白薯，也是个儿细、肉嫩，开锅就熟。

当然，这两种白薯，也相应地便宜。烀白薯这玩意儿，是穷人吃的，从某种程度上，比烤白薯还要便宜才是。我小时候，正赶上三年困难时期，全国闹自然灾害，每月粮食定量，家里有我和弟弟正长身体要饭量的半大小子，月月粮食不够吃。家里只靠父亲一人上班，日子过得拮据，不可能像院子里有钱的人家去买议价粮或高价点心吃。就去买白薯，回家烀着吃。那时候，入秋到冬天，粮店里常常会进很多白薯，要用粮票买，每斤粮票可以买五斤白薯。但是，每一次粮店里进白薯了，都会排队排好多人，都是像我家一样，提着筐，拿着麻袋，都希望买到白薯，回家烀着吃，可以饱一时的肚子。白薯，便成为那时候很多人家的家常便饭，常常是一院子里，家家飘出烀白薯的味儿。

过去，在老北京城南一带因为格外穷，卖烀白薯的就多。南横街有周家两兄弟，卖的烀白薯非常出名。他们兄弟俩，把着南横街东西两头，各支起一口大锅，所有走南横街的人，甭管走哪头儿，都能够见到他们兄弟俩的大锅。过去，卖烀白薯的，一般都是兼着五月里卖五月鲜，端午节卖粽子，这些东西也都是需要在锅里煮，烀白薯的大锅就能一专多能，充分利用。周家这兄弟俩，也是这样，只不过他们更讲究一些，会用盘子托着白薯、五月鲜和粽子，再给人一根铜钎子扎着吃，免得烫手。他们的烀白薯一直卖到了新中国成立以后公私合营，统统把这些小商小贩被归拢到了饮食行业里。

五月鲜，就是五月刚上市的早玉米，老北京的街头巷尾，常会听到这样的吆喝：五月鲜来，带秧儿嫩来咄！市井里叫卖的吆喝声，如今也成为一种艺术，韵味十足的叫卖大王应运而生。以前，卖烤白薯的一般吆喝：栗子味儿的，热乎的！以当令的栗子相比附，无疑是高抬自己，再好的烤白薯，也是吃不出栗子味儿。烀白薯，没有这样攀龙附凤，只好吆喝：带蜜嘎巴儿的，软乎的！他们吆喝的这个蜜嘎巴儿，指的是被水耗干挂在白薯皮上的那一层凝固的糖稀，对那些平常日子里连糖块都难得吃到的孩子来说，是一种挡不住的诱惑。

说起南横街东西两头的周家兄弟，我想起了小时候我家住的西打磨厂街中央的南深沟的路口，也有一位卖烀白薯的。只是，他兼卖小枣豆儿年糕，一个摊子花开两枝，一口大锅的余火，让他的年糕总是冒着腾腾的热气。无论买他的烤白薯，还是年糕，也都给你一片薄薄的苇叶子托着，那苇叶子让你想起久违的田间，让你感到再不起眼儿的北京小吃，也有着浓郁的乡土气。

长大以后，我在书中读到这样一句民谚：年糕十里地，白薯一溜屁。说的是年糕解饱，顶时候，白薯不顶时候，容易饿。便会忍不住想起南深沟口上那个既卖年糕又卖白薯的摊子。他倒是有先见之明一样，将这两样东西中和在了一起。

懂行的老北京人，最爱吃锅底的烤白薯，是烤白薯的上品。那样的白薯因锅底的水烧干让白薯皮也被烧煳，便像熬糖一样，把白薯肉里面的糖分也熬了出来，其肉便不仅烂如泥，也甜如蜜，常常会在白薯皮上挂一层黏糊糊的糖稀，结着嘎巴儿，吃起来，是一锅白薯里都没有的味道，可以说是一锅白薯里浓缩的精华。一般一锅白薯里就那么几块，便常有好这一口的人站在寒风中程门立雪般专门等候着，一直等到一锅白薯卖到了尾声，那几块锅底的白薯终于水落石出般出现为止。民国有竹枝词专门咏叹："应知味美惟锅底，饱啖残余未算冤。"

如今北京的四九城，哪里还能够找到卖这种"烤白薯"的？

面包房

　　那时，我的孩子小，还没有上小学。晚上，我有时会带着他到长安街玩，顺便去买面包或蛋糕。长安街靠近大北窑路北，有家面包房，不大，做的法式面包和黑森林蛋糕非常好吃。关键是，一到晚上七点之后，所有的面包和蛋糕，包括苹果派、核桃派，品种很多的甜点，一律打五折出售，价钱便宜了整整一半。当我和孩子发现了这个秘密后，这家面包房便成了我们常常光顾之地，对于馋嘴的孩子，这里如同游戏厅一样充满诱惑。

　　那时，售货员常常只剩下了一个人值班，坚守到把面包和蛋糕都卖出去。这是一个年轻姑娘，顶多二十三四岁的样子，有点儿胖，但圆圆脸蛋，大眼睛，还是挺漂亮的。每次去，几乎都能够碰见她，孩子总要冲她"阿姨阿姨"叫个不停。"我要买这个！我要买那个！"静静的面包房，因为我们的闯入，一下子热闹起来。她站在柜台里，听孩子小鸟闹林一般地叫唤不停，静静望着孩子，目光随着孩子一起在跳跃。

渐渐地，彼此都熟了。我们进门后，她会笑盈盈地对我们说："今天来得巧了，你们爱吃的黑森林还有一个没卖出去，等着你们呢！"或者，她会惋惜地对我们说："黑森林卖没了，这九个巧克力慕斯也不错，要不，你们可以尝尝这个绿茶蛋糕，是新品种。"一般，我们都会听从她的建议，总能尝新，味道确实很不错。花一半的钱，买双倍的蛋糕或面包，物超所值，还有这样一个和蔼可亲又年轻漂亮的阿姨，孩子更愿意到那里去。

有时候，我们来得早了点儿，她会用漂亮的兰花指着墙上的挂钟，对我们说："时间还没到呢！"屋子不大，这时候客人很少，有时根本没有，她就让我们在仅有的一对咖啡座上坐一会儿，严守时间。等到挂钟的时针指向七点的时候，她会冲我们叫一声："时间到了！"孩子会像听到发号令一样，先一步蹿上去，跑到柜台前，指着自己早就瞄准好的蛋糕和面包，对她说要这个！她总是笑盈盈地看着孩子，听着孩子麻雀一样叽叽喳喳地叫个不停，然后用夹子把蛋糕和面包夹进精美的盒子里，用红丝带系好，在最上面打一个蝴蝶结，递到我们的手里，道声"再见"后，望着我们走出面包房。有一次，她有些羡慕地对我说："这孩子多可爱呀，有个孩子真好！"

面包房伴孩了度过了童年，在孩了小学二年级的时候，那年的暑假，我们去面包房几次，都没有见到她。新的售货员一样很热情，买好蛋糕和面包，走出面包房，孩子悄悄地问我："怎么那个阿姨不在了呢？会不会下岗了呀？"那时，他们班上好几个同学的家长下岗，阴影笼罩着同学，孩子不无担心。面包房里这个好心漂亮的阿姨，是看着他长大的呀。

下一次来买面包的时候，我问新的售货员原来总值晚班的那个胖乎乎的售货员哪儿去了，怎么好长时间没见了。新售货员告诉我："她呀，生孩子，在家休产假呢！"不是下岗，孩子放心了。那天，多买了一个全麦面包，里面夹着好多核桃仁，嚼起来，很香。

等我再见到她，大半年过去了，孩子已经升入四年级，一个学期都快要结束了。我对她说，听说你生小孩了，祝贺你呀！她指着我的孩子说："这才多长时间没见，您看您这孩子长这么高了！什么时候，我那孩子也能长这么大呀！"我开玩笑对她说："你可千万别惦记着孩子长大，孩子真的长大，你就老喽！"她嘿嘿地笑了起来，说："那也希望孩子早点儿长大！"

时光如流，一转眼，我的孩子到了高考的时候，功课忙，很少有时间再和我一起去面包房，偶尔去一趟，仿佛是特意陪我一样。特别是考入大学，交了女朋友之后，晚上要去的地方很多，比如图书馆、咖啡馆、电影院、旱冰场、大卖场等，面包房已经如飞快的列车驰过后掠在后面的一棵树，属于过去的风景了。只有我常常晚上不由自主地转到长安街，拐进面包房。

这期间，面包房搬了一次家，从东边往西移了一下，不远，也就几百米的样子，门口装潢一新，还有霓虹灯闪耀。里面稍微大了一些，但还是很局促，不变的是，值晚班的还常常是这个胖乎乎的姑娘，我总是这样叫她姑娘，其实，她已经变成了一位中年妇女了。没变的，是蛋糕和面包的味道，还保持着原有的水平，只是价钱悄悄地涨了几次。

有一天，我去面包房，见我又只是一个人，她替我装好蛋糕和面包，问我："您的孩子怎么好长时间没跟您一起来了？"我告诉她孩子上大学了。她点点头，然后笑着对我说："等再娶了媳妇就忘了爹娘，更不会跟您一起来了呢！"我也跟着一起笑了起来。回家见到孩子后，我把她的话说给孩子听，孩子一下子很感动，对我说："您说咱们不过只是到她那里买打折的面包和蛋糕，这么长时间了，她还能记得我，这阿姨真的不错！"我也这样认为，世上人来来往往，多如过江之鲫，莫说是萍水相逢了，就是相交很长时间的老朋友，有的都已经淡忘，如烟散去，何况一个面包房里和你毫无关系的姑娘？

星期天，孩子专门陪我一起去了一趟面包房，一进门叫声"阿姨"，她抬头一望，禁不住说道："都长这么高了！"又说你要的黑森林今天没有了。孩子说没关系，买别的。然后，两个人一个挑蛋糕和面包，一个往盒子里装蛋糕和面包，谁都没再说什么，但他们彼此望着，很熟悉，很亲近，那一瞬间，仿佛一家人。那种感觉，是我来面包房那么多次，从来没有过的。

有时候，我会奇怪地问自己：一个人，一辈子要走的地方很多，去的场所很多，一个小小的面包房，不过是你生活中偶然的邂逅，为什么会让你涌出了这样亲近、亲切又温馨的感觉？其实，哪怕是一棵树，和你相识熟了，也会有这样的感觉的，何况是人？因为熟悉了，又是彼此看着长大，在岁月的年轮里，融入了成长的感情，所买和所卖的面包和蛋糕里便也就融入了感情，比巧克力奶油慕斯或起司的味道更浓郁。

孩子大学毕业就去了美国留学，孩子走后，我很少去面包房。倒不是家里缺少了一只馋嘴的猫，少了去面包房的冲动，更主要的是自己也懒了，老猫一样猫在家里，不愿意走动，其实就是老了的征兆。那天，如果不是老妻要过本命年的生日，我还想不起面包房。生日的前一天，我对老妻说："我去面包房买个蛋糕吧！"才想起来，孩子去美国几年，就已经有几年没有去过面包房了，日子过得这么快，一晃，七年竟然如水而逝。

那天晚上，北京城难得下起了雪，雪花纷纷扬扬的，把长安街装点得分外妖娆。老远就能看见面包房门前的霓虹灯在雪花中闪闪烁烁眨着眼睛，走近一看，才发现门脸新装修了一番，门东侧的一面墙打开，成了一面宽敞明亮的落地窗。走进去一看，今天难得热闹，竟然有三个漂亮年轻的女售货员挤在柜台前，蒜瓣一样紧紧地围着一个二十来岁的姑娘，叽叽喳喳地说得正欢。扫了一眼，没有找到我熟悉的那个胖乎乎的售货员。因为去的时间早，还有十来分钟到七点，我坐在一旁，边等边听她们说话。听明白了，这个姑娘和我一样，也是等七点钟买打折蛋糕的。还听明白了，是给她的妈妈买生日蛋糕的。又听明白了，她的妈妈就是面包房里那三位女售货员的同事，她们其中的两位是从面包房后面的车间特意跑出来，聚在一起，正在帮姑娘参谋，让她买蛋糕之后再买几个面包，并对小姑娘说："你妈妈在这里工作了这么多年，都是值晚班卖打折的面包和蛋糕，自己还从来没买过一回呢！你得多买点儿！"

七点钟到了，我走到柜台前，玻璃柜里只有一个黑森林蛋糕，一位售货员对我说："对不起，这个蛋糕已经有主儿！"她指指身边的姑娘。我说："那当然！"然后，我对姑娘说："你妈妈我认识！"姑娘睁大一双大眼睛，奇怪地问我："您认识我妈？"我肯定地说："当然！"小姑娘更加奇怪地问："您怎么认识的？"我笑着对她说："回家问问你妈妈就知道了！就说一个常常带着一个孩子来这里买蛋糕和面包的叔叔，祝她生日快乐！"她还是有些疑惑，也是，几十年的岁月是一点点流淌成的一条河，怎么可以一下子聚集在一杯水里，让她看得清爽呢？我再次肯定地对她说："你回家和你妈妈一说，你妈妈就会知道的！"

姑娘买好蛋糕和面包，走出面包房，身影消失在风雪之中，我转身问那三个售货员："她的妈妈是不是你们面包房里那个胖乎乎的售货员？"她们都惊讶地点头，问我："您是她以前的老师吧？"我笑而不答。她们告诉我她今年刚刚退休。这回轮到我惊讶了："这么早？她才多大呀！"她们接着说："我们这里五十岁退休。"竟然五十岁了！就像她看着我的孩子长大一样，我看着她的青春在面包房里老去，生命的轮回在我们彼此的身上，面包房就是见证。

花边饺

　　小时候，包饺子是我家的一桩大事。那时候，家里生活拮据，吃饺子当然只能等到年节。平常的日子，破天荒包上一顿饺子，自然就成了全家的节日。这时候，妈妈威风凛凛，最为得意，一手和面，一手调馅，馅调得又香又绵，面和得软硬适度，最后盆手两净，不沾一星面粉。然后妈妈指挥爸爸、弟弟和我，看火的看火、擀皮的擀皮、送皮的送皮，颇似沙场点兵。

　　一般，妈妈总要包两种馅的饺子，一种肉一种素。这时候，圆圆的盖帘上分两头码上不同馅的饺子，像是两军对弈，隔着楚河汉界。我和弟弟常捣乱，把饺子弄混，但妈妈不生气，用手指捅捅我和弟弟的脑瓜儿说："来，妈教你们包花边饺！"我和弟弟好奇地看妈妈将包了馅的饺子沿儿用手轻轻一捏，捏出一圈穗状的花边，煞是好看，像小姑娘头上戴了一圈花坏。我们却不知道妈妈耍了一个小小的花招儿，她把肉馅的饺子都捏上花边，让我和弟弟连吃带玩地吞进肚里，自己和爸爸却吃那些素馅的饺子。

那段艰苦的岁月，妈妈的花边饺，给了我们难忘的记忆。但是，这些记忆，都是长到自己做了父亲的时候，才开始清晰起来，仿佛它一直沉睡着，必须我们用经历的代价才可以把它唤醒。

自从我能写几本书以后，家里的经济状况好转，饺子不再是什么圣餐。想起那些个辛酸和我不懂事的日子，想起妈妈自父亲去世后独自一人艰难度日的情景，我想起码不能再让妈妈在吃的方面受委屈了。我曾拉妈妈到外面的餐馆开开洋荤，她连连摇头："妈老了，腿脚不利索，懒得下楼啦！"我曾在菜市场买来新鲜的鱼肉或时令蔬菜，回到家里自己做，妈妈并不那么爱吃，只是尝几口便放下筷子。我便笑妈妈："您呀，真是享不了福！"

后来，我明白了，尽管世上食品名目繁多，人的胃口花样翻新，妈妈雷打不动只爱吃饺子。那是她老人家几十年一贯历久常新的最佳食谱。我知道唯一的方法是常包饺子。每逢我买回肉馅，妈妈看出要包饺子了，立刻麻利地系上围裙，先去和面，再去调馅，绝对不让别人插手。那精神气儿，又回到我们小时候。

那一年大年初二，全家又包饺子。我要给妈妈一个意外的惊喜，因为这一天是她老人家的生日。我包了一个带糖馅的饺子，放盖帘上摆好的一圈圈饺子之中，然后对妈妈说："今儿您要吃着这个带糖馅的饺子，您一准儿大吉大利！"

妈妈连连摇头笑着说："这么一大堆饺子，我哪儿那么巧能有福气吃到？"说着，她亲自把饺子下进锅里。饺子如一尾尾小银鱼在翻滚的水花中上下翻腾，充满生趣。望着妈妈昏花的老眼，我看出来她是想吃到那个糖饺子呢！

热腾腾的饺子盛上盘，端上桌，我往妈妈的碟中先拨上三个饺子。第二个饺子妈妈就咬着了糖馅，惊喜地叫了起来："哟！我真的吃到了！"我说："要不怎么说您有福气呢？"妈妈的眼睛笑得眯成了一条缝。

其实，妈妈的眼睛实在是太昏花了。她不知道我耍了一个小小的花招，用糖馅包了一个有记号的花边饺。

那曾是她老人家教我包过的花边饺。

甜的尴尬

甜的味道，我们常常爱说的是：糖一样的甜，蜜一样的甜。在以往的年代里，甜的味道曾经是多么诱人。哪怕仅仅是一块普通硬块的水果糖，也只是在过年的时候才能够品尝得到的稀罕物。

是的，那是在物质贫匮的时代，糖的甜味，自然成了一种梦想，一种象征。到了我读中学的二十世纪六十年代，在三年困难时期贫困与饥饿交织而成的岁月里，人的肚子都填不饱，糖更是种奢侈，便越发显得格外珍贵。那时候，每户每月只有半斤的糖票，可怜巴巴那一点点糖，掠过舌尖的感觉才让人越发难忘。缺少什么才会想什么，缺糖而对糖的渴望，才会如思念一样加深而与日俱增。那时，许多人家都买些现在早已经被淘汰的糖精，搅拌在水里喝，或掺在包子馅里吃，聊以弥补糖的缺失。让这种替代的赝品登堂入室，成了在那个年代里上演的糖的B角。当然，糖的B角，还可以是刚刚成熟的青玉米秸秆，那里面的一丝丝甜味，权且可以填充一丝肚子里糖分的严重亏空。

即使已经到了二十世纪七十年代，我们从北京探亲带回到插队的北大荒的水果糖，或者结婚的人家分发的牛奶糖，仍然是难买到的，仍然是珍贵的东西。那时候，到王府井的百货大楼买水果糖的顾客要排长队，糖果专柜利索得如机器一般一抓准的张秉贵师傅，成了全国人民熟悉的人物，便不觉得奇怪了。而在那时，我将吃过和没吃过的牛奶糖的糖纸，花花绿绿地积攒了满满的大本，也可以说是只有那个年代才会有的爱好。说是爱好，其实是对糖和融化在糖里面那个年代的味道的一种向往和纪念。

如今，谁还会在乎糖呢？不仅不会再有对糖的那种渴望，而且对糖有些避之唯恐不及，以为糖是高血糖、高血脂、高血压"三高"乃至肥胖的罪魁祸首。于是，少吃糖成了一种趋势和时尚，不带糖的点心、酸奶和饮料等产品应运而生，对曾经被我们视为那么难得珍贵的糖退避三舍。现在讲究的口味是清淡，甜成了腻的代名词，清淡对比甜的味道，仿佛妙龄少女对比着人老珠黄。真是三十年河东，三十年河西，糖和甜，竟然如此迅速地沦落，一落千丈。

想到这些，有时让我有些莫衷一是，不知是在历史的发展中糖和甜真的走到了尽头，才出现如此的尴尬，还是我们对糖和甜有些背信弃义。别人家不说，单说我家，去年秋天我去苏州，买回两袋苏州的特产松子糖，一年过去了，一袋打开，只吃了几块，另一袋索性根本没有开封。糖和甜，就这样被我们蒙上了一层阴影，看着它们，自己不由得先叹一口气。

　　一直到前些日子我到了土耳其，糖和甜，才又让我的眼前一亮，仿佛他乡遇故知，让日子和许多的情景温暖地回到了从前。我不知道在世界上还有没有像土耳其这样热衷糖和甜的地方了，反正在我们这里已经没有了。那一天，土耳其的朋友带我们到伊斯坦布尔的古城一个叫作 Karakoy Guilluoglu 的地方，别看藏在窄小的胡同里，却是土耳其一家有着悠久历史的老店，楼上专门制作、楼下专门卖各种甜点，天热的时候，带凉伞的圆桌摆在门外的街上。早知道土耳其的甜点是非常有名的，没有想到的是不仅花样品种多得让我眼花缭乱，更主要的是那种甜，是我已经多年没有尝到的，或者说是根本从来就没有尝到过的。不是一般的甜，也不是齁嗓子的甜，而是深至心底乃至骨髓的甜。如果说我在北京或国内其他地方尝到的甜是一的话，那里的甜则是一百。如果说我们这里的甜只是一朵花的话，那里的甜已经是一棵巨无霸似的大树了。如此的甜，尝了几口之后，真是让我有些望而却步，同伴之中竟然吃了那里的甜点之后太不适应，以至被这般甜闹得鬼魂附体似的呕吐不止。

　　而土耳其人则不然，人家吃得格外来情绪，觉得是最好的享受，还热情地非要带我们上楼去参观甜点的制作过程。莫非他们不在乎"三高"和肥胖？还是他们的味蕾和我们有着很大的区别？或许他们的身体中天生就缺少糖分需要不断地补充，就如同我们普遍缺钙或肾虚一样？我实在闹不明白他们为什么对甜是如此一往情深和不可或缺。

在土耳其多待了一些日子，我渐渐地明白了一些其中的原因。糖的发现，在农业时代是一件大事，甜曾经是人类的一大欲望。由于蜂蜜和甘蔗的出现，真正糖的大量生产，在世界上普及开来，是在十九世纪末期的事情了。许多曾经对于人类重要的事情，在许多地方都已经被人无情而自以为是地抛弃，以为那不过是时代的发展和人类的进化。土耳其人可贵而专一地保持着对糖和甜这一带有原始意味的感情，在土耳其其他地方，都可以买到各式各样的糖和甜点，而且几乎每一处的糖和甜点，都有自己的风味而形成当地的特产，这已经是和他们拥有的清真寺一样悠久、一样众多而值得骄傲的传统。我便也就多少明白了，十八世纪英国作家乔纳森·斯威夫特为什么将甜和光明相提并论，并说这是我们人类"两件最高贵的事情"了。那是只有经历了那个时代的人才会有这样发自肺腑的至理名言。

许多高贵的事情，许多古典的情怀，就这样渐渐地离我们远去。

绉纱馄饨

　　北京普通人家，一般爱吃饺子，以前很少吃馄饨。我第一次吃馄饨，是上初中之后，和同学一起在珠市口路北一家饭馆里，饭馆紧靠着清华浴池，对面是开明老戏园，那时改名叫作珠市口电影院。我们就是晚上看完电影，到这里每人吃了一碗馄饨。

　　这是家小店，夜宵专卖馄饨。比起饺子，馄饨皮很薄，但馅很少，我便觉得馄饨是样子货，还是馅大肉多的饺子吃起来更痛快。

　　这样的印象被打破，是吃到了我们大院里梁太太包的馄饨之后。梁太太一家是江苏人，梁太太包的馄饨，在我们大院是出了名的，我很小的时候，就听院里的街坊议论过梁太太的馄饨，说她的馄饨皮，加了淀粉和鸡蛋，薄得如纸似纱，对着太阳或灯，能透亮。而且，馄饨皮捏出来的皱褶，呈花纹状，一个小小的馄饨，简直像一朵朵盛开的花，不吃，光是看，就让人爽心悦目，像艺术品。

　　梁太太自己说，这种馄饨，在她家乡几乎每户人家都会包，人们称作绉纱馄饨。我从来没有见过梁太太包的这样漂亮的馄饨，都是听街坊们这样说，只有想象而已。心里想，梁家有钱，自然吃的要比一般人家讲究得多。

那时候，梁太太很年轻，她的女儿只有四五岁，比我小两岁。梁先生在银行上班，梁太太不工作，在家里相夫教女。据说，梁先生最爱吃馄饨，所以梁太太才常常要包馄饨。特别是梁先生加夜班的时候，梁太太的馄饨更是必不可少。每次梁先生吃馄饨的时候，她女儿也要跟着吃，也爱吃得不得了。绉纱馄饨，成了她家经常上演的精彩保留节目。

读高一的秋天，下乡劳动，突然拉稀不止，高烧不退，同学赶着一辆驴车，连夜把我从郊区乡间送回北京。在医院里打完针吃了药，回到家之后，一连几天，烧还是不退，浑身虚弱，什么东西都吃不下去，没有一点儿胃口。母亲吓坏了，和街坊们说，想求得什么法子，可以让我吃下东西。人是铁饭是钢，不吃东西，这病怎么好啊！母亲念叨着。街坊们好心出了好多主意。

这天晚上，梁太太来到我家，手里端着一个小钢精锅，打开一看，满满一锅馄饨。梁太太对母亲说："给孩子尝尝，我特意在汤里点了些醋，加了几片西红柿，开胃的，看看孩子能不能吃一些？"

母亲谢过梁人人，转身找大碗，想把馄饨倒进碗里，好把钢精锅还给梁太太。梁太太摆手说："不急，不急，来回一折腾凉了就不好吃了。"说着，轻轻转身离去。

母亲用一个小碗盛了几个馄饨，舀了一些汤，递给我。我迷迷糊糊地吃了一个，别说，还真的很好吃，坦率地说，比母亲包的饺子要好吃，馅里有虾仁，是吃得出来的，还有什么东西我就不懂了。总之，很鲜，很香。我喝了一口汤，更鲜，里面不仅放了醋，还有白胡椒粉，真的特别开胃，竟然让我几口就把这碗汤都喝光了。

母亲很高兴，端来锅，又给我盛了一碗。我望了一眼锅里，西红柿的红，紫菜的紫，香菜的绿，汤的白，再加上皮薄如纸皱褶似花的馄饨里肉馅的粉嘟嘟颜色，交错在一起，好看得像一幅水墨画，是满盘饺子没有的色彩和模样。

病好之后，还在想梁太太的馄饨，不禁笑自己馋。心想，绉纱馄饨，这个名字取得真是好听。母亲包的饺子，有时也会在饺子皮捏出一圈圈的小皱褶，我们给它们取名叫作花边饺子，或麦穗饺子，总觉得都没有绉纱馄饨好听。

那时候，梁太太不到四十岁，显得很年轻，爱穿一件腰身婀娜的旗袍。她女儿刚上初二，虽然和我不在同一所学校，毕竟在大院里一起长大，彼此朋友一样很熟悉。现在想想，有些遗憾的是，再也没有吃过梁太太的绉纱馄饨。

一九六八年夏天，我去北大荒。冬天，梁太太的女儿到山西插队，和我家只剩下了老两口一样，她家也剩下了梁太太和梁先生相依为命。

六年过后，我从北大荒调回北京当老师，算是我们大院里插队那一拨孩子里最早回来的。梁太太见到我，很有些羡慕。我知道，她女儿还在山西农村，自然希望女儿也能早点儿回来。

回北京一年半之后，我搬家离开大院，临别前一天下午，我去看望梁太太，发现她苍老了许多。算一算，那时候，她应该才五十来岁。我去主要是安慰她，知青返城的大潮已经开始了，她女儿回北京是早晚的事。她坐在那里，痴呆呆地望着我，半天没有说话。我要出门的时候，她才忽然站起来对我说："晚上到我家吃晚饭吧，我给你包绉纱馄饨。"

晚上，她并没有包绉纱馄饨。

事过好几年之后，我听老街坊对我讲，那时候，她女儿已经在山西嫁给当地农民两年多了。

喝得很慢的土豆汤

那天下午两点多，我和妻子路过北大，因为还没有吃午饭，忽然想起儿子曾经特意带我们去过的一家朝鲜风味小馆，就在附近，离北大西门不远，一拐弯儿就到，便进了这家小馆。

大概由于早过了饭点儿，小馆里没有一个客人，空荡荡的，只有风扇寂寞地呼呼吹着。一个服务员，是个胖乎乎的小姑娘走了过来，把我们领到靠窗的风扇前让我们坐下，说这里凉快，然后递过菜谱问我们吃点儿什么。我想起上次儿子带我们来，点了一份土豆汤，非常好吃，很浓的汤，却很润滑细腻，微辣中有一种特殊的清香味儿，湿润的艾草似的撩人胃口。不过已经过去了两个多月的时间，我忘记是用鸡块炖的，还是用牛肉炖的，便对妻子嘀咕："你还记得吗？"妻子也忘记了。儿子在北大读书的时候，常常和同学到这家小馆里吃饭。由于是二十四小时营业，价格和朝鲜风味又都特别对他们的口味，非常受他们的欢迎，对这里的菜当然比我们要熟悉。大学毕业，儿子去美国读研，放假回来，和同学聚会，总还要跑到这里，点他们最爱吃的菜。可惜，儿子假期已满，又回美国接着读书去了，天远地远，没法子问他了。

没有想到，小姑娘这时对我们说道："上次你们是不是和你们的儿子一起来的，就坐在里面那个位子？"她说着一口比赵本山还浓郁的东北话，用胖乎乎的手指了指里面靠墙的位子。

我和妻子都惊住了。她居然记得这样清楚，那时，我们和儿子确实就坐在那里。

我更没有想到的是，她接着用一种很肯定的口气对我们说："那次你们要的是鸡块炖土豆汤。"

这样的肯定，让我从心里相信了她，不过，我还是开玩笑地对她说："你就这么肯定？"

她笑了："没错，你们要的就是鸡块炖土豆汤。"

我也笑了："那就要鸡块炖土豆汤。"

她望望我和妻子，像考试成绩不错得到了赞扬似的，高声向后厨报着菜名："鸡块炖土豆汤！"高兴地风摆柳枝走去。

刚才和小姑娘的对话，让我和妻子在那一瞬间都想起了儿子。思念，一下子变得那么近，近得可触可摸，就在只隔几排座位的那个位子上，走过去，一伸手，就能够抓到。两个多月前，儿子要离开我们回美国读书的时候，特意带我们到这家小馆，让我们尝尝他和同学的青春滋味。那一次，他特别向我们推荐了这个鸡块炖土豆汤，他说他和同学都特别爱喝，每次来都点这个土豆汤，我们一定要尝尝。因为儿子出发前的时间安排得很满，我和妻子知道，那一次，也是他和我们的告别宴。所以，那一次的土豆汤，我们喝得格外慢，边聊边喝，临行密密缝一般，彼此嘱咐着，诉说着没完没了的话，一直从中午喝到了黄昏，一锅汤让服务员续了几次，又热了几次。许多的味道，浓浓的，都搅拌在那土豆汤里了。

不过，事情已经过去了两个多月，我都忘记了到底喝的什么土豆汤了，这个胖乎乎的小姑娘居然还能够如此清楚地记得我们喝的是鸡块炖土豆汤，而且记得我们坐的具体位子，真让我有些奇怪。小馆二十四小时营业，一直热闹非常，来来往往那么多客人，点的那么多不同品种的菜和汤，她怎么就能够一下子记住了我们，而且准确无误地判断出那就是我们的儿子，同时记住了我们要的是什么样的土豆汤？这确实让我好奇，百思不解。

汤上来了，鸡块炖土豆汤，浓浓的，热气缭绕，清香味扑鼻，抿了一小口，两个多月前的味道和情景立刻又回到了眼前，熟悉而亲切，仿佛儿子就坐在面前。

"是吧，是这个土豆汤吧？"小姑娘望着我，笑着问我。

"是，就是这个汤。"

然后，我问小姑娘："你怎么记得我们当初要的是这个汤？"

她笑笑望望我和妻子，没有说话，转身走去。

那一天下午的土豆汤，我们喝得很慢。

结完账，临走的时候，小姑娘早早地等候在门口，为我们撩起珠子穿起的门帘，向我们道了声"再见"。我心里的谜团没有解开，刚才一边喝着汤一边还在琢磨，小姑娘怎么就能够那么清楚地记得我们和儿子那次到这里来吃饭坐的位子和要的土豆汤？总觉得一定是有原因的。那么，是什么原因呢？是因为那一次我们的土豆汤喝得太慢，麻烦让她来回热了好几次的缘故，让她记住了？还是因为来这家小馆的大多是附近年轻的大学生，一下子出现我们这样大年纪的客人，显得格外扎眼？我不大甘心，出门前再一次问她："小姑娘，你是怎么就能记住我们要的是鸡块炖土豆汤的呢？"她还是那样抿着嘴微微地笑着，没有回答。

我只好夸奖她："你真是好记性！"

一路上，我和妻子都一直嘀咕着这个小姑娘和对于我们而言有些奇怪的土豆汤。星期天，和儿子通电话时，我对他讲起了这件事，他也非常好奇，一个劲儿直问我："这太有意思了，你没问问她到底是怎么回事吗？"我告诉他："我问了，小姑娘光是笑，不回答我为什么呀。"

被人记住，总是一件让人高兴的事，不过，对于我们一家三口，这确实是一个谜。也许，人生本来就有许多解不开的谜，让生活充满着迷离的想象，让人与人之间有着神奇的交流，让庸常的日子有了温馨的念想和悬念。

又过去了好几个月，树叶都渐渐地黄了，天都渐渐地冷了。那天下午，还是两点多钟，我去中关村办事，那家小馆，那个小姑娘，那锅鸡块炖土豆汤，立刻又从沉睡中苏醒过来似的，闯进我的心头。离着不远，干吗不去那里再喝一喝鸡块炖土豆汤？便一拐弯儿，又进了那家小馆。

因为不是饭点儿，小馆里依然很清静，不过，里面已经有了客人，一男一女正面对面坐着吃饭，蒸腾的热气弥漫在他们的头顶。见我进门，一个小伙子迎上前来，让我坐下，递给我菜谱。我正奇怪，服务员怎么换成男的，那个小姑娘哪里去了？扭头看见了那一对面对面坐在那里吃饭的人中的那个女的，就是那个胖乎乎的小姑娘，对面坐着的是一个年龄四五十岁的男人，看那模样长得和小姑娘很像，不用说，一定是她的父亲。她也看见了我，向我笑笑，算是打了招呼。

我要的还是鸡块炖土豆汤。因为炖汤要有一些时间，我走过去和小姑娘聊天，看见他们父女俩要的也是鸡块炖土豆汤。我笑了，她也笑了，那笑中含有的意思，只有我们两人明白，她的父亲看着有些蹊跷。

我问："这位是你父亲？

她点点头，有些兴奋地说："刚刚从我老家来。我都和我爸爸好几年没有见了。"

"想你爸爸了！"

她笑了，她的父亲也很憨厚地笑着，望望我，又望望女儿。难得的父女相见，我能想象得出，一定是女儿跑到北京打工好几年了，终于有了父女见面的机会，是难得的。我不想打搅他们，走回自己的座位，要了一瓶啤酒，静静地等我的土豆汤。我的心里充满着感动，我忽然明白了，这个小姑娘当初为什么一下子就记住了我们和儿子，记住了我们要的土豆汤。人同此情，情同此理，没有比亲人之间分别的思念和相逢的欢欣，更能够让人感动和难忘的了。亲情，在那一刻流淌着，泅湿了所有的时间和空间的距离。

土豆汤上来了，抬头一看，我没有想到，是小姑娘为我端上来的。我还没有责怪她怎么不陪父亲，她已经看出了我的意思，先对我说："我们店里的人手少，老板让我和我爸爸一起吃饭，已经是很不错了。"和上次她像个扎嘴儿的葫芦大不一样，小姑娘的话明显地多了起来。说罢，她转身走去，走到他父亲的旁边，从袅娜的背影，也能看出她的快乐。

那一个下午，我的土豆汤喝得很慢。我看见，小姑娘和她的爸爸那一锅土豆汤喝得也很慢。

苍蝇馆子和洗脚泡菜

　　过去说起成都，都说是茶馆多，有"江南十步杨柳，成都十步茶馆"和"一街两个茶馆"之说。但是，我查阅的资料告诉我，成都的茶馆虽多，但比起餐馆来说，是小巫见大巫。仅以一九三五年的资料为例，成都茶馆共有五百九十九家，而餐馆却有二千三百九十八家，其比例约为一比四。也就是说，如果一条街上有一家茶馆的话，那么，这条街上就会有四家餐馆。根据傅崇矩的《成都通览》所载，清末成都有大小街巷五百一十六条，恰是这样子的格局。即使如今城市格局发生了巨大的变化，但是，餐馆遍布街巷这样一种景观还是没有变化。在成都街头，无论什么时候想吃饭，都比北京要方便很多，而且无论大小餐馆，味道要好很多，价钱也要便宜很多。可以想象，大街小巷，处处都会有餐馆在时刻等着你，会是一种什么样的情景？如此多的餐馆，自然会烘云托月般托出好的餐馆、好的吃食来的。

　　如今的成都，由于大餐馆将川菜改良，做得越发注重形象，花团锦簇般的精致，连本是热烈的火锅都变得皇城老妈江南丝绣一般针脚细密温文尔雅起来，多少将成都本土的味道用精致的刀剪给剪裁下了许多。不少成都本土人更热衷的是到那些巷子深处闻香寻美味，一般这些地方，因为地方狭窄，卫生条件差，尤其是到了夏天，人没有围上桌，苍蝇已经嗡嗡地团团地围将上来，先睹为快。成都人称这样小餐馆叫苍蝇馆子，常常是成都人的至爱，别看藏在巷子里的陋篷茅舍，却人满为患。据说，成都人曾经专门网上投票选出成都十大苍蝇馆子，居榜首的是猛追湾的一家"三无餐馆"，之所以叫"三无餐馆"，是因为它根本没有名字，全靠着饭菜吸引回头客。听说它的凉拌白肉和肥牛排骨汤名气最大。前十名中，还有一家在北顺城街的苍蝇馆子，也是没有名字，因为紧靠着一个公共厕所，人们便叫它"厕所串串"，无疑卖的各种串串最为食客得意。

那天中午，正赶上饭点儿，朋友说请我吃饭，我说别到饭店，就找一家苍蝇馆子吧。他立刻打电话，说找一位苍蝇馆子的专家，这位专家可以说是成都苍蝇馆子的活地图，曾经在报纸上开过专栏。不一会儿，电话打通了，活地图问朋友："你们现在在哪儿呢？"朋友告诉他我们的地址，他立刻脱口而出：就去吃倒桑树街的黄姐兔丁。然后告诉怎么走，这个苍蝇馆子对面的标志性建筑，老远一眼即可望见。

倒桑树街很好找，靠近锦江，离武侯祠不远。这是一条老街，街上的居民多以种桑养蚕为生。清末时，街中一株老桑树长疯了，恣肆倾斜弯曲，犹如倒长，人们便给这条街取名为倒桑树街。有活地图导航，黄姐兔丁的馆子一下子就找到了。这是一家二层小楼的苍蝇馆子，楼下楼上各能摆几张桌子，显得很拥挤。楼下已经客满，踩着木板楼梯上楼，感觉摇摇欲坠似的。拣了个临窗的座位坐下，朋友点了店家的招牌菜兔丁，又要了一盘拌折耳根、一盘清炒豌豆苗和一份水煮鱼。很快，一位大姐就把菜端上楼来，我问她可是店主黄姐，她摇头说："我是给黄姐打工的。"然后对我说，这个店马上就要拆了，要吃赶紧来。

都说苍蝇馆子卫生差，这里倒是干干净净，桌椅黑乎乎的，菜却做得绿是汪汪的绿，白是雪雪的白，折耳根的红头红得娇艳，特别是那一锅水煮鱼，味道确实不错，并非北京一些川菜馆里只剩下了单调的辣味，而没有了香气撩人，就像唱歌的只会用嗓子吼，却没有了一点儿韵味和余音袅袅。一顿饭才花了几十元，可谓物美价廉，是我此次来成都吃得最可口的一顿饭。

成都人讲究吃，和其他南方人不同，不是那种精雕细刻或繁文缛节，将味道蕴藏在大家闺秀的云淡风轻或排场之中，而是更注重家长里短，注重平民气息，注重大之外的小。我住锦江饭店，吃饭时，不管点什么菜，在端上饭的同时，必要端上一小碟免费泡菜。不是那种腌制多日发酸且咸的泡菜，而且与韩国泡菜那种重口味也不同，而是刚泡过不久，口感鲜嫩滑脆。虽是几粒青笋丁、萝卜丁和胡萝卜丁，却搭配得姹紫嫣红。

那天，朋友来访，我问这种泡菜的做法，很想回家如法炮制。

我知道，有人曾总结成都有十八怪，其中一怪便是"一日三餐吃泡菜"，想来一定都会做这种泡菜的。果然，朋友立刻说："我们管这种泡菜叫作洗脚泡菜，意思是头天晚上睡觉前用洗脚的工夫就把它腌好了，第二天一清早就可以吃了，是最简单的一种泡菜，什么也不要，只放一点盐，点几滴香油就可以了。"

我对朋友说，我对这种泡菜感兴趣，还在于它的名字。成都人给菜或给菜馆起名字很有意思，往往愿意拣最俗的名字起，你看，管小饭馆叫苍蝇馆子，管泡菜叫洗脚泡菜，在北京，没有这么起名的。朋友笑着说，北京不是皇城吗？起名字当然得气派些了。我说，北京如今起名愿意起洋名字了，你看那楼盘不是叫枫丹白露了，餐馆都得往什么塞纳河上招呼了。我们都笑了起来。起名字，其实是民俗，更是一种文化情不自禁地流露。对自己的文化有自信，才会雅俗一体，大雅即大俗，不怕叫苍蝇馆子就来不了食客，叫洗脚泡菜就没有人吃。

想起前辈作家李劼人解读川菜时将其分为馆派、厨派和家常派三种，馆派即公馆菜，类似我们今天的私房菜或官府菜，食不厌精，脍不厌细，一般认为是第一等级；厨派即饭馆做出的菜，为第二等级。但李劼人说："馆派是基层，厨派是中层，家常派则其峭拔之巅也。"李劼人是最懂成都的人了，他道出了川菜的奥妙，也替我解开洗脚泡菜和苍蝇馆子至今依然为成都人所爱之谜。那最最俗的，恰恰是在最最雅的巅峰之上一览众山小呢。

草是怎样一点点绿的

一座城市，哪怕建设得再堂皇，

再繁华，再国际大都市化，

也应该留下一两处可以让人安静散步的地方。

翠湖诗韵

自二十世纪八十年代第一次来昆明，今年是第六次，眼见着昆明的变化，越来越大都市化，人和楼越来越多，却也越来越少了点儿老昆明味儿。如今，硕果仅存的，大概就是翠湖一带，包括讲武堂、云南大学和云南师大校园内老西南联大旧址，多少还能让人回忆起老昆明的样子。

车子沿着云南大学校门和云南文联（那里原来是西南联大的教工宿舍）下坡不远，就看见一池碧水在阳光下闪闪发光，明亮的眼睛一样，眨动着的睫毛，就是湖边风中轻摇的杨柳。再近些，清晰地看见了红嘴鸥飞翔，驮着透明的云霭霞影，衔着湿润的湖光山色。

翠湖到了。如果没有了翠湖，还能找到老昆明的影子吗？

诗人于坚曾经为翠湖写过这样的诗句："大隐隐于市/旧公园/一盆老掉牙的古玩/居然在市中心逍遥法外。"他说得很对，因为他是老昆明。翠湖，作为街心公园，其特点就在于：一、特别地老；

二、位于市中心。这两点都很重要，如果它不在市中心，像滇池一样在城外，意思就不一样了。如果它不古老，不是老得当年和滇池连成一体，它的意义也就不一样了。一座古城，具有这样两个特点相结合的地方，这个地方便成为这座城市一个醒目的节点，连接历史和现实，疏通情感与思绪。可以就地徜徉，也可以虚蹈怀旧；可以集体到这里跳广场舞，也可以一个人借这里抒怀写诗。

因为这次来昆明住在翠湖宾馆，出门便是翠湖，翠湖一览无余，感觉翠湖和昆明别处一样，到处是人，天天都显得像过节一样热闹。即便到了晚上，翠湖依然弦歌四起，人声鼎沸；特别是环湖大道两侧鳞次栉比的饭馆灯红酒绿，让翠湖成为不夜之湖。翠湖，有些过于热闹了。拥挤的城市，把它挤压得像一只气球，膨胀得鼓鼓的，随时都有可能脱手腾空而飞，也随时都可能爆破似的。

起码我第一次来这里时不是这样。

猜想，当年陈寅恪来这里时，就更不一样。

扯起陈寅恪，是因为到翠湖，不能不想起他那首有名的诗《昆明翠湖书所见》："照影桥边驻小车，新妆依约想京华。短围貂褶称腰细，密卷螺云映额斜。赤县尘昏人换世，翠湖春好燕移家。昆明残劫灰飞尽，聊与胡僧话落花。"那是他一九三九年抗日战争时期写的一首重要的诗，这首诗的手迹，后来在《浦薛凤家族收藏师友书简》一书中曾经见过。那上面还有一题跋："庚子山哀江南赋云，谈劫之飞灰，辨常星之夜落，今日必有南京明星流落昆明矣。一笑。"诗和题跋意思互现，清晰说明这首诗是战时的离乱弦歌。

那时候，陈寅恪来西南联大教书，妻子和女儿在香港，托付给许地山照顾。而且，那时候，他的眼睛已经不好，视力急剧下降。正所谓国难家恨，离愁别绪，以及病魔的折磨，都在心间，便也都在诗间，其中"赤县尘昏人换世，翠湖春好燕移家"一联，最让人心动。那时候，他家住青云街，离翠湖很近，便常到这里散步。和他一起到翠湖散步的，还有他的挚友吴宓。这一池碧水，多少可以慰藉离乱之人不平静的心。猜想，那时的翠湖绝对不会有今天这样的人多如蚁。即使战乱之际，如果不是空袭，在平常的日子里，翠湖也应该是适于散步的地方。一座城市，哪怕建设得再堂皇，再繁华，再国际大都市化，也应该留下一两处可以让人安静散步的地方。更何况，翠湖因有陈寅恪等这样的文化人留下的身影和诗篇，而让人们到这里散步时呼吸到历史的沉重和文化的悠长之气息。这个地方，便越发显得对昆明人也同时对外来游人的重要，散步时会多涌出一份遐想和几丝诗思情意。

心里暗想，如果把陈寅恪的诗，把于坚的诗，把很多诗人写翠湖的诗，镌刻在翠湖边的石头上，翠湖会多一番色彩，成为一泓诗湖呢。

便忍不住把陈寅恪的诗重新找出，敬步原韵，也写了一首，不求石头镌刻，只求自己铭记翠湖和先生：

此地当年驻小车，而今碧池映秋华。翠湖锦瑟红鱼出，黄叶佳人白雀斜。江北梦消羞有国，云南路断耻余家。战云七十五年过，风动满园金菊花。

陈寅恪当年有诗："黄鹂鲁连羞有国，白头摩诘尚余家。"记住先生和翠湖，就是记住那段历史，便会分外珍惜翠湖，力求让翠湖保持原韵。

白马湖之春

　　才出浙江上虞十里，山清水秀的白马湖便扑面而来，风也似乎清爽湿润多了。正是早春二月，想起朱自清先生在《白马湖》一文中曾经说过的："白马湖的春日自然最好。山是青得要滴下来，水是满满的、软软的。小马路的两边，一株间一株地种着小桃与杨柳。小桃上各缀着几朵重瓣的红花，像夜空的疏星……"心里不住地想，此次来白马湖的时间真是选对了。

　　如同任何一场大革命退潮之后一样，拔剑四顾的茫然，都会让为之献身的人们无所适从。轰轰烈烈的五四运动落潮了，迎来的失望和落败的景象，让一群有理想有追求的文人，心中充满迷惘，他们不想在城市里醉生梦死浑浑噩噩，跑到了无论离杭州还是离宁波都偏远的上虞，寻找到白马湖这样一块世外桃源，去做点他们想做的又能够做的事情，给曾经在革命大潮中急剧澎湃的心找一块绿洲。想起他们，总会不由自主地想起柔石在小说《二月》里写到的萧涧秋，那样的五四热血青年，现在的人们早就嘲笑为"愤青"了。

　　真是想象不出了，一九二二年的春天是什么样子的。为什么经亨颐先生在白马湖畔一招呼，那么多的文人，现在听起来名声那样显赫的文人，一下子就抛弃了都市的奢靡与繁华，都来到了荒郊野外的这里办起了这所春晖中学？当时号称"白马湖四友"，除了夏丏尊年长一点，一九二二年是三十六岁了，朱光潜只有二十五岁，而朱自清和丰子恺只有二十四岁。现在，真的是难以想象了。那毕竟不是短暂的观光旅游。

　　走出校园的后门，过了树荫蒙蒙的小石桥，终于走到了经亨颐先生和夏丏尊等诸位前辈曾经走过的白马湖畔了。二月春光乍泄，阳光格外灿烂，真的如朱自清先生所说的那样："山是青得要滴下来，水是满满的、软软的。"一种说不出的感觉，从遥远的历史中涌出，蔓延在白马湖中，荡漾起波光潋滟的涟漪，晃着我的眼睛。

　　经亨颐的"长松山房"、何香凝的"蓼花居"、弘一法师的"晚晴山房"、丰子恺的"小杨柳屋"、夏丏尊的"平屋"……次第呈现在眼前。虽然"晚晴山房"是后来新翻建的，"蓼花居"已成废墟，但毕竟还有夏丏尊、朱自清、丰子恺的房子保持着原来的风貌。房子都是依山临湖而建，按照眼下的时尚，都是山间别墅，亲水家居，格外时髦的。但现在的房子所取的名字，能够有他们这样的雅致吗？"富贵豪庭""罗马花园"……那些俗气又土气得掉渣儿的名字，怎么能够和"小杨柳屋""平屋"相比呢？

　　名字不过只是符号，符号里却隐含着一代人心里不同的追求。

小院里原来是种着菜蔬的，要为日常的生活服务，现在栽满花草，还有郁郁青青的橙树，越冬的橙子还挂在枝头，颜色鲜艳得如同小灯笼。屋子都很低矮，完全日式风格，因为无论经亨颐还是夏丏尊，都是留日归来，当年他们是春晖中学的创办者和主要响应者。

走进这些小屋，地板已经没有了，砖石铺地，泥土的气息，将春日弥漫的温馨漫漶着。简朴的家具，能够想象出当年生活的样子。书房都是在后面的小屋里，窗外就是青山，一窗新绿鸟相呼，清风和以读书声，最美好的记忆全在那里了。走出"平屋"小院，就是朱自清先生说的小马路，小马路前面就是白马湖，湖水在阳光下不住地闪耀。想起朱自清先生写白马湖的诗句："湖在山的趾边，山在湖的唇边。"也想起他当年看到湖边系着一只空无一人的小船的时候他说过的话："我听见了自己的呼吸，想起了'野渡无人舟自横'的诗，真觉物我双忘了。"也许，可以这样说，前者是他们这一代人心中常常涌起的诗意，后者是他们所追求的境界吧？只可惜，这两样，如今的我们都缺少了，而且不以为渐渐失去的弥足珍贵。

朱自清先生在回顾白马湖的时候，还曾经说过这样的一句话："我喜欢这里没有层叠的历史所造成的单纯。"这话让人沉思。倒不仅仅是单纯已经离我们越来越远，而是层叠的历史和心头层叠的灰尘污垢，越来越厚重，让我们无法清扫干净。白马湖，便在他们的生命中，而只能在我们的想象里。

春天去看肖邦

说来真巧，去肖邦故居那天，正好赶上是春分。

肖邦故居位于华沙市区五十公里外一个叫作沃拉的小村。车子驶出市区，便是一片开阔的原野，平坦的土地大部分裸露着，还没有返青，到处是一丛丛亭亭玉立的白桦树，一片片的苹果树和樱桃树，油画一样静静地站立在湛蓝的天空之下。再晚一个多星期，田野就绿了，果树都会开花，那样的话，肖邦会在缤纷的花丛中迎接我们了。

老远就看见了路牌：WOLA。虽然是波兰文，拼音也拼出来了，就是我梦想中的沃拉。

肖邦故居的门口很小，里面的院子大得出乎我的想象，虽还是一片萧瑟，但树木多得惊人，深邃的树林里铺满经冬未扫的厚厚树叶，疏朗的枝条筛下雾一样飘曳的阳光，右手的方向还有条弯弯的小河（肖邦九岁时在这条小河里学会游泳），宁静得如同旷世已久的童话，阔大得如同一个贵族的庄园。肖邦的父亲当时只是参加反对沙皇的武装起义失败后跑到这里教法语的一个法国人，破落而贫寒，怎么可能买得起这么大的庄园？我真是很怀疑，无论是波兰人还是我们，都很愿意剪裁历史而为名人锦上添花，心里便暗暗地揣测，会不会是在建肖邦故居时扩大了地盘？

如今，肖邦纪念碑就立在小河前不远的地方，和故居的房子遥遥相望。那是一座大理石做的方尖碑，非常简洁爽朗。上面有肖邦头像的金色浮雕，浮雕下面有竖琴做成的图案，两者间雕刻着肖邦的名字和生卒年月。

那幢在繁茂树木掩映下的白色房子，就是肖邦的故居了。房子不大，倒很和肖邦当时家境吻合。如果房前没有两尊肖邦的青铜和铁铸的雕像，和村里其他普通的房子没有什么两样。它中间开门，左右各三扇窗子，各三间小屋，分别住着他的父母和他的两个妹妹。如今成为了展室，展柜里有肖邦小时候画的画，他的画很有天分，还有他送给父亲的生日贺卡，是他自己亲手制作的。墙上的镜框里陈列着一八二一年肖邦十二岁时创作的第一首钢琴曲的手稿：降A大调波罗乃兹。五线谱上的每一个音符都写得那样清秀纤细，让我忍不住想起他的那些天籁一般澄清透明的夜曲和他那被做成纤长而柔弱无骨一般的手模。

客厅的一侧，有一个拱形的门洞，但没有门框、门楣和房门，空空地敞开着，门洞的后面是一扇窗，明亮的阳光透过窗纱洒进来，将那里打成一片橘黄色的光晕。走过去一看才知道，那里就是肖邦出生的地方，竟然只是一块窄窄的长条，长有五六米，宽却大概连一米都不到，因为中间放着一个大花瓶就把宽的位置占满了。靠窗户的墙两边分别挂着肖邦的教父和教母的照片，墙外面一侧挂着的镜框里放着圣罗切教堂出具的肖邦的出生证和洗礼纪录，另一侧镶嵌着一块汉白玉的牌子，上面刻着三行手写体的字母：弗雷德里克·肖邦于一八一〇年二月二十一日出生在这里。

实在想象不到肖邦出生在这里，家里还有别的房间，为什么他的母亲非要把他生在这样一个憋屈的角落里？命定一般让肖邦短促的一生难逃命运多舛的阴影。

肖邦只活了三十九岁，命够短的。在这三十九年里，只有前九年的时光，肖邦生活在沃拉这里，那应该是他最无忧无虑的时候，以后的岁月里，疾病和情感的折磨，以及在异国他乡的颠沛流离，一直影子一样苦苦地跟随着他，直至最后无情地夺去他的生命。肖邦的母亲是纯粹的波兰人，富有教养，弹得一手好钢琴，给予他小时候良好的音乐启蒙。肖邦就是在这里和瑞夫纳老师学习钢琴，那一年，他才六岁。八岁的时候，他登华沙演奏钢琴，引起轰动，被称为"第二个莫扎特"。瑞夫纳说他已经没有什么可再教他的，建议他去华沙。他去了华沙，和华沙音乐学院的院长约瑟夫·埃尔斯纳系统地学习音乐，又是埃尔斯纳建议他去巴黎，他去了巴黎，开创了音乐新的道路。这样两个对于他至关重要的老师，我在他的故居里为什么没有见到他们的照片、画像或其他一些印记呢？也许，是我看得不仔细。

在肖邦故居里迎风遥想肖邦的往事，别有一番滋味在心头。一个那么弱小而疾病缠身的人，竟然可以让整个欧洲为之倾倒，让所有的人对波兰当时一个那么弱小一直被人欺侮的国家与民族刮目相看，该是多么了不起。音乐常常能够超越某些有形的东西而创造历史。

走出故居，沿着它的侧门走去，下一个矮矮的台阶，那里草木丛丛，更漂亮而幽静。前面不远就是那条小河，如一袭柔软的绸带，弯弯地缠绕着整个故居，淙淙地流淌着舒缓的音符。忽然，传来一阵钢琴声，听出来了，是肖邦的第一钢琴叙事曲，是从肖邦故居里传出来的。明明知道是从音响唱盘里播放出来的，却还觉得好像是肖邦突然出现在故居里，推开了置放钢琴的房间里的那扇窗子，为我们特意地演奏。

草是怎样一点点绿的

　　住在芝加哥的时候，楼后紧挨着一个叫尼考斯的街心公园，四月份了，却还是一片枯枯的，没有一点颜色。因为天天从公园穿过，到芝加哥大学去，公园成了我新结识的朋友，它的草地、树丛、山坡、网球场，还有一个小小的植物园，都成为我每天的必经之地，它们一点一滴的变化，都逃不过我的眼睛，好奇心让我观察着它们的变化，像看着一个孩子从爬到走到满地跑一天天长大。

　　最先让我惊喜的是，有一天清早，我忽然看到公园的草地突然绿了，虽然只是毛茸茸的一层鹅黄色的浅绿，却像事先约好了一样，突然从公园的四面八方一起向我跑来。前一天的夜里刚刚下了一场春雨，如丝似缕的春雨是叫醒它们的信使。

　　我看着它们一天天变绿，渐渐铺成了茵茵的地毯。蒲公英都夹杂在它们草叶间渐渐冒出了小黄花骨朵。但树都还没有任何动静，还是在风中摇动着枯涩的枝条，任草地上的草旺绿旺绿聚拢着浓郁的人气，真是够沉得住气的。一直快到了五一节，才见网球场后面的一片桃花探出了粉红色的小花，没几天，公园边上的一排排梨花也不甘示弱地开出了小白花。

然后，看着它们的花蕾一天天绽放饱满，绯红色的云一样，月白色的雾一样，飘落在公园的半空中了。尼考斯公园一下子焕然一新，春意盎然起来。

然后，金色的连翘花也开了，紫色的丁香花也开了，每一朵，每一簇，我都能看得出来它们的变化。变化最快的是连翘，昨天才看见枝条上冒出几星小黄花，今天就看见花朵缀满枝条悬泻下满地的黄金。变化最慢的是一种我叫不上名字的树，很高，开出的花米粒一般，很小，总也见它长不大。近处看，几乎看不到它们，远远地望，一片朦朦胧胧的玫瑰红，在风中摇曳，如同姑娘头上透明的纱巾。这种树，在芝加哥大学的图书馆前的甬道旁铺铺展展的一大片，那玫瑰红便显得分外有阵势，仿佛咱们的安塞腰鼓一样腾起的遮天蔽日的云雾，映得校园弥漫在玫瑰色的雾霭之中。

再有变化慢的是树的叶子，几乎所有的花都开了，树的叶子还没有长出来，无论是榉树、梧桐，还是朴树或加拿大杨。一直到芝加哥大学教学楼的墙上的爬山虎都绿了，尼考斯公园草地间的蒲公英的小黄花都落了，长出伞状的蓬松而毛茸茸的种子，它们才很不情愿地长出了树叶。我看见它们一点点冒出小芽，一天天长大，把满树染绿，在风中摇响飒飒的回声。

我知道，这时候才是芝加哥的春天真正地到来了。我才发现，这是我平生头一次从头到尾看到了春天一步步地向我走来的全过程。像看一场大戏，开场锣鼓是草地上的草，定场诗是公园里的花，压轴戏是一树树参天而清新的绿叶。

我忽然想起在北大荒插队的时候，因为那时常常要打夜班脱谷或收大豆、收小麦，在无边的田野上，坐在驮满麦子和豆荚的马车上回生产队的时候，能够看到夜色是怎样退去，鱼肚白是怎样露出在遥远的地平线上，晨曦又是怎样一点点染红天空，最后，太阳是怎样跳上半空中。生平第一次从头到尾看到天是怎样亮的，就是在北大荒。回到北京之后，我再也没有看到这样天亮的全过程了。

同样，在北京，我也从来没有看过草是怎样一点点绿，花是怎样一点点开，树叶是怎样一点点长出来，春天是怎样一步步走来的全过程。也许，不该怪罪我们的城市，也不该怪罪人生的匆忙，是我们自己把自己的眼睛和心磨得粗糙和麻木，在物质至上的社会里，我们顾及的东西太多，便错过了仔细感受春天到来的全过程。只因为清风朗月不用一文钱，便徒让我们感叹良辰美景奈何天了！

双瀑记

嘹亮得如同法国圆号，从悠悠的云层中跌落在你面前的，花开一般绽放出层层的涟漪，飘逸而落，湿润在你面前的，就是德天瀑布。它的后面便是越南的土地，它的右边还有一条板约瀑布，也属于越南了。

夏季，德天瀑布和板约瀑布会连在一起，是一道最为奇特的景观。它们浩浩荡荡地飞奔而下，会像是凭空而降的一支巨大的排箫，千孔万孔地喷涌出冲天的水柱，奏响轰天的交响，在四周千山万壑间响彻激越的回音，一派天籁，无限风情。它们你追我赶地、义无反顾地投奔在烈阳蓝天之下，迸碎出万千朵如雪的浪花，腾越起氤氲如梦的雾岚。

山和山是永远不可能走到一起的，但水哪怕隔开得再遥远，也是可能会走到一起的。眼前的德天瀑布和板约瀑布不就是这样吗？在冬天枯水季节，它们会分离，但是在夏天到来的时候，就迫不及待地又走到一起来了。所以，说它们是跨国瀑布（除了尼亚加拉大瀑布，它们是世界第二跨国瀑布）当然可以，说它们像是一对情人瀑布，不也分外恰当吗？

它们飞奔而下流淌进脚下的深潭里，然后顺着山势流成一条蜿蜒的归春河。阳光下，那一泓潭水碧绿如同一块凝结的祖母绿宝石，娴静得和头顶龙吟虎啸的瀑布呈鲜明的对比，仿佛是一对情人瀑布生出的一个和它们性格截然不同的孩子。

看了德天瀑布，一定要再看看沙屯叠瀑。两处相隔不远，一条归春河紧紧连接着它们。

层层叠叠，借山势将一道瀑布分割成七叠，便把一道水晶帘幕般的瀑布抖落成了新的模样，仿佛把一匹绸缎重新织成了一道七天云锦。呈阶梯状的瀑布，减缓了飞流直下的气壮山河，却多了节奏舒缓的绕指柔肠，犹如一位清秀的新娘拖着曳地的洁白长纱裙，响着带水声的湿润的琵琶音，顺着楼梯一阶阶款款走了下来，将身后的裙裾化作了沙屯叠瀑飞珠跳玉的奇观。两岸群峰竞秀，仿佛是无数艳羡而又无可奈何的失落者，只能够眼瞅着这位仙女一般神奇可爱的新娘花落旁家，远走他乡，一路叮咚叮咚响着快乐，迤逦而去。

雨过天晴时，沙屯叠瀑是另一幅奇观。山泉深处水涨情溢，两岸山峰含泪带啼，还有那山上的老树古藤，山间的云雾山岚，大自然搭起如此神奇的舞台，让一道七叠瀑布在这样的背景中蜿蜒次第而出。宛如一条轻歌曼舞的清纱白练，穿云破雾而来，仿佛从天而降的下凡仙女，飘荡在万绿丛中，一下子会让这里的风景显得儿女情长起来。

　　同为这一方山水里的瀑布，如果说德天瀑布充满阳刚之气，这里的七叠彩瀑则显得美人缥缈，一枝梨花春带雨。德天瀑布吹奏的是一支铜管乐，沙屯叠瀑演奏的是一首抒情诗。

　　它们在广西边陲，离南宁一百四十公里，远是远些，但值得一看。如果想到不多年前这里还曾经布满地雷，战争的影子笼罩在这里；如果再凑巧能买到一顶当年的绿色钢盔，不要那种仿制的，要带有伤痕或弹洞的——眼前这两道瀑布便洇染上了别样的色彩。

白桦林

我见过的白桦林不多，以前只在北大荒我们的农场和八五二农场见过。我们农场那片白桦林靠近七星河边，八五二农场那片白桦林就在场部的边上，当初大概就是因为有这样一片漂亮的白桦林，才会择地而栖将场部建在那里吧？

在所有的树木中，白桦和白杨长得有些相像，但只要看白桦的树干亭亭玉立，树皮雪白如玉，一下子就把白杨比了下去。尤其是浩浩荡荡的白桦连成了一片林子，尤其是这两处白桦林都有几百年的历史，那种天然野性的气势，更是白杨和其他树难比的。白桦林让人想起青春，想起少女，想起肃穆沉思的力量和寥廓霜天的境界。

在新疆，钻天的白杨到处可见，但白桦很少。所以，当到达阿勒泰，朋友说带我们看他们这里的桦林公园，我很有些吃惊。但真正见到之后，第二天又到哈纳斯湖旁看见白桦林，并没有一点惊奇。不是它们不美，是它们都无法和我在北大荒见过的白桦林相比。这里的白桦林大多长得有些矮，树干有些细，树冠又有些披头散发，没有北大荒的白桦林那样高耸入云，那种铺铺展展的野性，和那股苗条秀气的劲头，便都弱了几分。特别是树皮也没有北大荒的白，而且多了许多如白杨树一样的疤痕，皮肤一下子粗糙了许多。加之枝条散落，压低了树干，更少了白桦林应有的那种洁白如云的气势。

想起北大荒的白桦林，总会想起秋天白桦的叶子一片金黄灿灿，像是把阳光都融化进自己的每一片叶子里似的。雪白的树干在一片金黄的对比中便显得越发美丽。到了大雪封林的时分，雪没了树干老深，像是高挑而秀气的一条条美腿穿上了雪白的高筒靴，洁白的树干静静的，在雪花的映衬下显得相得益彰、仪态万千。开春，是我们最爱到白桦林去的季节，那时用小刀割开白桦树的树皮，会从里面滴下来白桦的汁液，露珠一样格外清凉、清新。什么时候到林子里去，都能见到斑驳脱落的白桦树皮，纸一样的薄，但韧性很强，而且雪一样的白，用它们来做过年的贺卡最别致。只是那时我们谁也没有想到。后来看普列什文的《林中水滴》，他描写雪中的白桦林时忍不住问："它们为什么不说话？是见到我害羞吗？""雪花落了下来，才仿佛听见簌簌声，似乎是它们奇异的身影在喁喁私语……"我便想起北大荒的白桦林。并不是因为青春时节在北大荒，便对那里的一切涂抹上人为诗化的色彩。确实是那里的白桦林与众不同。我们那时的生活是苦楚而苍白的，但自然界却有意和我们的现实生活做对比似的，让白桦林是那样的清新夺目，让我们感受到，在艰辛之中，诗意的生存，并没有完全离我们远去。有些树木是难以入画的，但白桦最宜于入画，尤其是油画。列维坦曾经画过一幅《白桦丛》的油画，画得很美，但不是北大荒的白桦林，是阿勒泰和哈纳斯的白桦林。因为画得枝干瘦小，枝叶低垂，没有北大荒那种高大、粗壮、枝叶钻天带给我们的野性，和那种树皮雪白的独特带给我们的清纯与回忆。

不知八五二农场那片白桦林现在怎么样了。几年前我们农场七星河畔那片白桦林已经没有了，彻底地没有了。说是为了种地多挣钱，便都砍伐干净。那么大一片漂亮的白桦林，说没有就没有了。

落叶的生命

想找树叶做手工，已是入冬。几场冷风冷雨，树上的叶子凋零无几，大多落在地上。不过，由于雨水频繁，落在地上的叶子湿润，还散发着树枝的气息，呼应着残存在枝头上的叶子，做最后的告别，虽有几分凄婉，却也十分动人。

放学的时候，在路口等候校车，看见小孙子从车上跳下来，见到我的第一句话就是："咱们找树叶去吧！"便先不回家，沿着落叶缤纷的小路找树叶。这时候，才会发现，秋末时分枝头上的树叶，或金黄，或火红一片，在秋风的吹拂下，是那样的灿烂炫目；落在地上的叶子却有别样的形状、色彩和风情。

形状不一样了。由于距离的变化，拿在手中，近在眼前，才发现同样都是枫树，有三角枫、五角枫和七角枫的区别。而且，不同的枫叶，像伸出不同的触角，活了一般，让那红色的叶脉弯弯曲曲像是真的有血液在流动。不同流向的叶脉，让叶子的触角有了不同的弧度，那弧度像是舞蹈演员柔软而变幻无穷的手臂，富有韵律，让人们充满想象，便也成为我们做手工最佳的选择。我和小孙子用这样红色和黄色的枫叶，做成的金孔雀和红孔雀，让我们自己都惊讶，那一片片枫叶怎么那么像孔雀开屏时漂亮的羽毛呢？好像它们就是特意落在地上，等着我们弯腰拾起，去做孔雀那五彩洒金的尾巴呢。

还有那槭树和石楠的叶子，椭圆形，粗看起来，大同小异，细看大有玄机。石楠叶小，槭树叶大，小的小巧玲珑，像童话里的小姑娘，大的像大姐姐一样温柔敦厚。石楠叶薄，薄得几乎透明，红红的颜色像是过滤了一样，淡淡的胭脂似的，可以随风起舞。槭树叶厚，且有光亮的釉色，像穿着盔甲的武士，似乎能够听到风声、雨声；又像天鹅绒的幕布，拉开来，舞台上就可以上演有趣的戏剧。槭树叶和石楠叶最好找，几乎遍地都是，我们常常会如进山寻宝的人，总有些贪婪，弯腰拾起了这片，又抬头看见了那片，捧在手里一大捧，反复权衡，恋恋不舍，好像它们都是身边的至爱亲朋。我们用不同的槭树叶做成了不同形状的鱼，用不同的石楠叶做成了莲花，五片石楠叶错落在一起，就是一朵盛开的莲花；大小两片石楠叶合在一起，就是一朵含苞待放的娇羞的莲花；再找两片小小的黄栌叶，要找那种还能顽强保持着绿色的叶子，放在莲花下面，就是"莲叶出出"了。

当然，色彩也不一样了呢。别看落叶没有了在枝头连成一片的金黄和火红耀眼的阵势，但落叶不是落花顷刻辗转成泥，溃不成军。落叶区别于树上叶子的重要之处在于，树上的叶子连成一片的金黄和火红，让所有的叶子变成了一种颜色，淹没在相同的色彩之中，如同凡·高向日葵的金黄色。落叶散落在草丛中，灌木间，或泥土里，却是色彩不尽相同，彰显每一片叶子舒展的个性，甚至色彩渗进叶脉，"须眉毕现"，令我们触目惊心，也赏心悦目。

同样是杜梨树上落下的叶子，经霜和被雨水反复打湿后，每一片叶子上的红色已经相同，那种沁入红色深处的黑色光晕，浸淫红色四周的褐色斑点，像磨出的铁锈溅上的离人泪，似乎让每一片落叶都有了专属于自己前世的故事似的，更让每一片落叶都成为一幅绝妙而无法复制的图画。由于杜梨叶比较厚实，叶子上面有一层釉色，显得很是油亮，每一片落叶都像是一幅精致的油画小品。那些随心所欲而富有才华的大色块渲染，毕加索未见得能够胜上一筹；那些飞溅而落的斑斑点点，西尔斯拿手的点彩，也未见得能够如此五彩缤纷。

杜梨叶，是我们最喜欢的，大家常常在地上仔细寻找，不放过任何一片闯入眼帘的叶子，常常会有美丽的邂逅，便常常会听见小孙子的大呼小叫："爷爷，快看，这里有一片好看的树叶！"

找到的最好看、最别致的一片杜梨叶，竟然是黑色的。那种黑，不是被污染的乌黑，也不是姑娘劣质眉笔的那种漆黑，而是油亮油亮的黑，叶子的边缘有一层浅浅的灰色，像黑色的火焰燃尽之后吐出一抹余韵；像淡出画面之外的空镜头里的远天远水，让叶子的黑色充满想象的韵味。

这片黑色的杜梨叶，一直没有舍得用。也不是真的舍不得，是不知道用在哪里恰到好处。我们用别的杜梨叶做的热带鱼或大公鸡，都让不同色彩的杜梨叶尽显各自的"英雄本色"，让那种不同的红色交织成一部红色的交响曲。只是这片黑杜梨叶，一直夹在书本里。曾经想用它做成一只海龟，它黑亮黑亮的釉色和粗粗的叶脉，还真有几分海龟的意思。也曾经想把它一剪两半，做成两条木船，在上面用银杏叶和红枫叶做成它们各自的风帆。但是，都觉得不是最佳选择。它暂时还沉睡在我们的书本里，它的生命跃动，在我们的想象中，也在它自己的梦中。

真的，别以为落叶就是死掉的树叶，落叶离开树枝，不过是生命另一种形式的转移。龚自珍曾在诗当中写道："落红不是无情物，化作春泥更护花。"不仅是落花，落叶更是如此，更具有化为泥土中腐殖质的营养作用，来年新一轮春花的盛开，是落叶生命的一种呈现。如今，落叶生命的另一种呈现，在我和小孙子的手工中，它们存活在我们的册页里和记忆中。

谁打翻了莫奈的调色盘

想念吉维尼已经很久。

吉维尼是一个小村子，那里有莫奈的故居，人们都叫它吉维尼花园。那是莫奈在四十三岁那年买的一块地，他在那里住了四十三年，住了人生的整整一半，八十六岁那年在花园里去世，他的墓地就在吉维尼村的教堂边上。

莫奈刚买下吉维尼这块地的时候，他的妻子刚去世不久，那时，他的画卖得并不好，他只是把这块地种成了花园。有意思的是，他的赞助商破产，赞助商的老婆却成了他的续弦。我没有研究过莫奈的生平传记，心里猜想大概她看中了莫奈的才华，对莫奈有底气。果然，莫奈住进吉维尼不久，画一下子卖得好了起来，声名鹊起，财源滚滚。莫奈便又买了花园边上的另一块地，把它改造成了池塘，种了好多的睡莲，建起了那座有名的日本式的太古桥。他还成功地把流经吉维尼村外的塞纳河水引进他的池塘。而这一切都需要钱来做支撑。莫奈的吉维尼花园渐渐地和他的画一样有名了。

　　再次到达巴黎，当天下午我就驱车去了吉维尼，弥补上次来巴黎没有去成的遗憾。那里距巴黎七十多公里，不算远，但已经不属于巴黎的郊区，属于诺曼底。一路林深叶茂，浓郁的绿色，将天空都染得清新透明。过塞纳河右岸不远就应该到了，但我们却在乡间小道上迷了路。僻静的乡村，找不到一个人，玫瑰花开得格外艳，樱桃树上的小红果结得那样寂寞。来回跑了好多冤枉路，终于找到莫奈故居的时候，天已近黄昏，依然游人如织。窄小的入门处，如一个瓶口，进入里面，立刻轩豁开朗，如潘多拉魔瓶水银泻地一般，展现在眼前的是莫奈的花园，姹紫嫣红，铺铺展展，热闹得像一个花卉市场。据说所有的花都是莫奈亲自从外面买来，品种繁多，色彩缤纷，叫都叫不出名字。其中最引人注目的是花朵硕大的虞美人和鸢尾花，那曾经是莫奈最爱的花。不过说实在的，和我想象的不大一样，和莫奈画过的花园也不大一样，眼前的花园显得有些杂乱无章，就像并不懂园艺的一个农人将种子随便那么一撒，任其随风生长，花开得虽然烂漫，却没有什么章法，各种颜色交织在一起，像一匹染得串了色的花布。

　　也许，我对比的是法国凡尔赛、枫丹白露宫，或舍侬索城堡的皇家花园，那里的花园整体如同几何圆规和三角板的切割，像裁缝手中胸有成竹的剪裁。而莫奈要的是像风一样的自由。

　　不过，说实在的，莫奈故居的那座主体建筑的二层小楼外墙面上涂的是嫩粉颜色，窗户和外走廊栏杆、阶梯涂的都是翠绿的颜色，可真是让人觉得有些怯，心想这不该是最懂得并最讲究色彩的莫奈选择的颜色呀。这应该是还没有度过童年的小公主愿意涂抹的颜色，哪里是一个老头子的选择呀？没办法，再伟大的画家也有世俗的一面，面对自己的选择也会有马失前蹄的时候。

最漂亮的，要我说，是花园后面的池塘。通往池塘的小径，一边有小溪环绕，一边是树木葱茏，花开得灿烂，如同热情好客的向导，一路逶迤引你走去。有几座小桥和花拱门可以进得池塘，一碧如洗的水上，睡莲的叶子静静地躺着，和花园的喧闹有意做了对比似的，一下子安静了下来，让心滤就得澄静透明。还没到睡莲开花的季节，亭亭的叶子，大大小小，圆圆的如同漂亮的眼睛，紧贴在水面上，似乎枕在那里还在朦胧而湿漉漉的睡梦当中。那座被莫奈不知道画了多少遍的日本太古桥就矗立在对面的柳枝摇曳中，和莫奈故居窗户和栏杆的颜色一样，也是翠绿色，在这里却格外和谐，有绿树和绿水的相互映衬，桥的绿色像是彼此身上亲密无间蹭上去的一样，那样亲切和快乐，那样浑然一体，妙自天成。

我看到过二十世纪二十年代晚年莫奈在池塘边和太古桥上的照片，对照眼前的池塘和太古桥，没什么变化，特别是没有添加一点儿别的东西。这是非常重要的，既然是故居，一切如旧，就是最好，也是最难保持的。在故居的保护方面，做新容易，持旧却难，但唯有持旧，才能够让我们在故居这样特定的环境中，感觉时光倒流、昔日重现，还能有和莫奈在这里邂逅的冲动和错觉。

　　池塘是莫奈晚年最爱流连的地方，这里的睡莲大概是莫奈用比他前妻还要多的模特，被莫奈不厌其烦地一遍遍地画。莫奈爱选择在不同时间坐在池塘边画睡莲，他会比我们所有人都更能感受到细微的光线的变化，而这些光线就是莫奈的另一支画笔和另一种色彩，帮助他画成了那一幅幅睡莲图。没有谁能够比莫奈更懂得睡莲的了，没有谁能够比莫奈画睡莲画得更好的了。只有站在这里，才会明白莫奈对睡莲的感情。我们古代画家讲究梅妻鹤子，即把梅花和仙鹤人化和圣化，当成自己妻子和孩子一般。莫奈其实也是把睡莲内化成他的生命，而睡莲则是他自己身心的一种外化。

　　记得莫奈的老师欧仁·布丹曾经这样教导过莫奈说："当场直接画下来的任何东西，往往有一种你不可能在画室里找到的力量和用笔的生动性。"这个教导对莫奈很重要，一生受益。莫奈坚持室外写生，这里的池塘便是他的老师的化身。我们特别愿意把莫奈当成印象派的画家，以为他完全可以靠印象肆意去画，殊不知面对池塘和睡莲，他的写生是如此认真和持久。他并不完全凭仗印象，他同时相信室外写生时的力量和用笔的生动性。而这力量和生动性是池塘和睡莲给予他的，他才在大自然的万千变化中找到了艺术鬼斧神工的魅力，找到了属于他自己神性的睡莲。

　　环绕池塘走了一圈之后，我在想，人的一生真的是充满了偶然性，画家也不例外。如果没有这种满睡莲的池塘，莫奈可以到别处写生，也可以写生别的，但还会有那一幅幅让他声名大振的睡莲画吗？看莫奈的画，画得最多的，也是最好的，还得数睡莲。相同的睡莲，让他画出了千般仪态、万种风情，画出了心，画出了梦，画出了无数精灵，真的是哪一位画家都赶不上的。

站在池塘边，想到在巴黎橘园里看到莫奈画的那环绕四面墙的巨幅睡莲，想到在纽约大都会博物馆看到莫奈画的占据了整面墙的长幅睡莲，能够感受到那里的每一朵睡莲都来自这里，这里的池塘成就了莫奈。莫奈与他的睡莲、这里的池塘，彼此辉映，成就了一个时代的辉煌。

能够造就一个时代的辉煌，在于理想，在于才华，但想想莫奈在吉维尼四十三年，直至离开这个世界，一直坚持画面前的睡莲，谁能够坚持这样漫长的岁月，谁都可能创造属于自己的时代的辉煌。

读书是一种修合

青春季节的阅读，

是人生之中最为美好的状态。

那时，远遁尘世，又涉世未深，

心思单纯，容易六根剪净，那时候的阅读，

便也就容易融化在青春的血液里，

镌刻在青春的生命中。

谈读书

一

我第一次自己买的书，是花一角七分钱，在家对面的邮局里买了一本《少年文艺》。那时，我大概上小学三年级，是二十世纪五十年代后期。那时候，邮局里的架子上摆着好多杂志，不知为什么，我选中了它。于是，我每月都到邮局里买《少年文艺》。

记得在《少年文艺》里最初看到了王路遥的《小星星》、王愿坚的《小游击队员》，和刘绍棠的《瓜棚记》，我都很爱看。

其中有美国作家马尔兹写的一篇小说，名字叫《马戏团来到了镇上》，之所以把作者和小说的名字记得这样清楚，是因为小说特别吸引我，让我怎么也忘不了：小镇上第一次来了一个马戏团，两个来自农村的穷孩子从来没看过马戏，非常想看，却没有钱，他们赶到镇上，帮着马戏团搬运东西，可以换来一张入场券，他们马不停蹄地搬了一天，晚上坐在看台上，当马戏演出的时候，他们却累得睡着了。

这是我读的第一篇外国小说，同在《少年文艺》上看到的中国小说似乎不完全一样，它没有怎么写复杂的事情，集中在一件小事上：两个孩子渴望看马戏却最终也没有看成。这样的结局，格外让我感到异样。可以说，是这篇小说带我进入文学的领地。它在我心中引起的是一种莫名的惆怅，一种夹杂着美好与痛楚之间忧郁的感觉，随着两个和我差不多大的孩子睡着而弥漫起来。应该承认，马尔兹是我文学入门的第一位老师。

那时候，在北京东单体育场用帆布搭起了一座马戏棚，在里面正演出马戏。坐在那里的时候，我想起了马尔兹的这篇小说，曾想入非非，小说结尾为什么非要让两个和我一样大小的孩子累得睡着了呢？但是，如果真的让他们看到了马戏，我还会有这样的感觉吗？我还会爱上文学并对它开始想入非非吗？

也就是从那时候开始，我忽然特别想看看以前的《少年文艺》，以前没有买到的，我在西单旧书店买到了一部分，余下没有看到的各期杂志，我特意到国子监的首都图书馆借到了它们。渴望看全部的《少年文艺》，成了那时候的蠢蠢欲动。那些个星期天的下午，无论刮风下雨，都准时到国子监的图书馆借阅《少年文艺》的情景，至今记忆犹新。特别是国子监到了春天的时候，杨柳依依，在春雨中拂动着鹅黄色枝条的样子，仿佛就在眼前。少年时的阅读情怀，总是带着你难忘的心情和想象的，它对你的影响是一生的，是致命的。

第一本书的作用力竟然这样大，像是一艘船，载我不知不觉地并且无法抗拒地驶向远方。

二

进入了中学，我读的第一本书是《千家诗》。那是同学借我的一本清末民初的线装书，每页有一幅木版插图，和那些所选的绝句相得益彰。我将一本书从头到尾都抄了下来，记得很清楚，我是抄在了一本田字格作业本上，每天在上学的路上背诵其中的一首，那是我古典文学的启蒙。

我的中学是北京有名的汇文中学，有着一百来年的历史，图书馆里的藏书很多，许多解放以前出版的老书，藏在图书馆里面另一间储藏室里，被一把大锁紧紧地锁着。管理图书馆的高挥老师，是一个漂亮的女老师，曾经是志愿军文工团的团员，能拉一手好听的小提琴。大概看我特别爱看书吧，她便破例打开了那把大锁，让我进去随便挑书。我到现在仍然清晰地记得第一次走进那间光线幽暗的屋子里的情景，小山一样的书，杂乱无章地堆放在书架上和地上，我是第一次见到世界上居然有这样一个地方藏着这样多的书，真是被它震撼了。

从尘埋网封中翻书，是那一段时期最快乐的事情。我像是跑遍深山探宝的贪心汉一样，恨不得把所有的书都揽在怀中。我就是从那里找全了冰心在解放前出版过的所有的文集，找到了应修人、潘漠华的诗集，黄庐隐、梁实秋的散文和郁达夫、柔石的小说，找到了屠格涅夫的六部长篇小说和契诃夫所有的剧本，还有泰戈尔的《新月集》《飞鸟集》和《吉檀迦利》，以及萨迪的《蔷薇园》和日本女作家壶井荣的《蒲公英》。

记得第一次从那里走出来，沾满尘土的手里拿着两本书，我忘记了是上下两卷的《盖达尔选集》，还是两本契诃夫的小说集。我们学校图书馆的规矩是每次只能够借阅一本书，大概高老师看见了我拿着这两本书舍不得放下哪一本的样子，就对我说："两本都借你了！"我喜出望外的样子，一定如同现在的孩子得到了一张心仪的歌星的演唱会的票子一样。我和高老师长达近半个世纪的友情，就是这样开始的。

那时，我沉浸在那间潮湿灰暗的屋子里，常常忘记了时间。书页散发着霉味，也常常闻不到了。不到图书馆关门，高老师在我的身后微笑着打开了电灯，我是不会离开的。那时，可笑的我，抄下了从那里借来的冰心的整本《往事》，还曾天真却是那样认真地写下了一篇长长的文章《论冰心的文学创作》，虽然一直悄悄地藏在笔记本中，到高中毕业，也没有敢给一个人看，却是我整个中学时代最认真的读书笔记和美好的珍藏了。在以后的日子里，有一年，曾经见到冰心先生，很想告诉她老人家这桩遥远的往事，想了想，没有好意思说。

三

在我初三毕业的那年暑假，我认识了我们学校的一个高三的学生，他的名字叫李园墙。那时，学校办了一个版报叫《百花》，每期的上面都有他写的《童年纪事》，像散文，又像小说。我非常喜欢读，特别想认识他。就在这年的暑假，他刚刚高考完，邀请我到了他家里，他向我推荐了萧平的《三月雪》《海滨的孩子》和《玉姑山下的故事》，借给我上下两册李青崖翻译的《莫泊桑小说选》。这是第一次知道法国还有个作家叫莫泊桑，他的《羊脂球》《我的叔叔于勒》《菲菲小姐》《月光》《一个诺曼底人》，虽然并没有完全看懂，却都让我看到小说和生活的另一面。

他说看完了再到他家里换别的书。我很感谢他，觉得他很了不起，看的书那么多，都是我不知道的。我渴望从他那里开阔视野，进入一个新的天地。

这两本书我看得很慢，几乎看了整整一个暑假，就在我看完这两本《莫泊桑小说选》，到他家还书的时候，他已经不在家了。他没有考上大学，被分配到南口农场上班去了。没有考上大学，不是因为学习成绩，而是因为他的家庭出身。

从他家走出，我的心里很怅然。莫泊桑，这个名字一下子变得很伤感。他的小说，也让我觉得弥漫起一层世事沧桑难预料的迷雾。

其实，说实在的话，有些书，我并没有看懂，只是一些似是而非的印象和感动，但最初的那些印象，却是和现实完全不同的，它让我对生活的未来充满了想象，总觉得会有什么事情一定发生，而那一切将会都是很美好的，又有着镜中花水中月那样的惆怅。我一直这样认为，青春季节的阅读，是人生之中最为美好的状态。那时，远遁尘世，又涉世未深，心思单纯，容易六根剪净，那时候的阅读，便也就容易融化在青春的血液里，镌刻在青春的生命中，让我一生受用无穷。而在这样的阅读之中，文学书籍的作用在于滋润心灵，给予温馨和美感，以及善感和敏感，是无可取代的。日后长大当然可以再来阅读这些书籍，但和青春时的阅读已是两回事，所有的感觉和吸收都是不一样的。青春季节的阅读和青春一样，都是一次性的，无法弥补。一切可以从头再来，只是安慰自己于一时的童话。

青春季节的阅读，确实是最美好的人生状态，是青春最好的保鲜和美容。但我始终以为青春的阅读，已经是较为成熟的阅读季节，阅读的最初阶段，应该萌芽于童年，也就是说，童年时读的第一本书的作用力至关重要，它会是帮助你打下人生底子的书，潜移默化地影响你的一生。

谈抄书

　　在铁路局里，姐姐年年都被评为劳动模范，奖励她的奖品，年年不同，但有一件，年年都落不了，便是都有一本笔记本。姐姐知道我喜欢在笔记本上写一些东西，抄一些东西，便把每一年得到的笔记本都送给了我。特别是上高中之后，这几本笔记本，密密麻麻，布满了我抄录的东西。五十多年过去了，硕果仅存，只剩下一本。

　　墨绿色的封面，精装布面，印有凸起的暗花。如今，颜色已经暗旧，磨得边角有些发白，露出了原本的布纹的纹路。时光，在它的生命里打下了粗粝的痕迹。但是，翻开它，像打开一个八音盒一样，立刻回荡着我高中读书抄书时的怦怦心音，动听的音符跳跃着，让我心动。这本硕果仅存的笔记本，像一只小船，迅速地带我划进往昔校园的回忆之中。那种感觉，就像在这本笔记里我曾经抄录过冰心的一段话说的那样："这回忆，往往把我重新放在一种特别浓郁的色、香、味之中，使我的心灵，再来一次温馨，再来一番激发。"

这本笔记本里，基本上是我在高一那一年抄录的文章——有整篇文章，有片段，有语录。居然抄录了满满的一本，一页都没有落下，没有留有空白。那时候的我胃口真大，求知的欲望真强，恨不得摘下满天的星斗和满园的花朵，统统装进这本笔记本里。

重新翻看当时的抄录，像看那时候自己幼稚的照片，非常有趣，尽管颜值不那么英俊，甚至有些潦草邋遢，但从抄录的文章和作者的阵容来看，可以看出一个高一的学生当时的所爱所恨，所思所想，可以触摸到一些自己已经遗忘的心情和对文学梦幻般的向往的轨迹。

或许，可以作为我的高一学习的备忘录吧。也或许，可以给今天的同学一份参考的篇目吧。

第一页开始抄录的是作家柯蓝的散文诗《早霞短笛》。最后一页，抄录的是殷夫的一组诗《无题》和另一首诗《是谁又……》。

下面，除去古诗文，将所抄录的现代诗文的目录摘录如下。

诗歌——

潘漠华、应修人的小诗；

郑振铎的小诗；

汪静之的《蕙的风》；

刘大白的《春问》《旧梦》《给合——》《西风》；

朱自清的《煤》《光明》；

闻一多的《一句话》；

臧克家的《有的人》；

闻捷的《我思念北京》；

韩北屏的《谢赠刀》；

贺敬之的《放声歌唱》《桂林山水歌》；

戈壁舟的《延河照旧流》；

严阵的《江南曲》；

袁水拍的《论"进攻性武器"》；

山青的《在动物园里》；

任大霖的《我们院里的朋友》：

张继楼的《夏天来了虫虫飞》；

陈伯吹的《珍珠儿》；

徐迟的《幻想曲》；

于之的《小燕子》《知了》：

张书绅的《课间》《灯下》；

柯兰的《教师的歌》；

刘饶民的《大海的歌》。

散文小说——

鲁迅的《生命的路》；

叶圣陶的《春联儿》；

朱自清的《匆匆》《月朦胧，鸟朦胧，帘卷海棠红》；

冰心的《说几句爱海的孩子气的话》《笑》《梦》《樱花赞》；

许地山的《梨花》《面具》；

茅盾的《天窗》；

丰子恺的《杨柳》；

郭沫若的《丁东草》《山茶花》；

陈学昭的《法行杂记》；

郑振铎的《蝉与纺织娘》；

柯蓝的《奇妙的水乡》；

郭风的《木棉树》；

徐开垒的《竞赛》；

芦荻的《越秀远眺》；

韩少华的《序曲》；

李冠军的《夜曲》；

陈玮的《老教师》；

鞠鹏高的《锦城晚花曲》；

谢树的《雪》；

刘湛秋的《小园丁集》，

应田诗的《手——学校散歌》；

刘真的《长长的流水》；

任大霖的《打赌》《水胡鹭在叫》；

柔石的《二月》；

孙犁的《铁木前传》；

老舍的《月牙儿》；

萧平的《三月雪》。

外国文学——

泰戈尔的《吉檀迦利》《游丝集》；

萨迪的《蔷薇园》；

壶井荣的《蒲公英》；

马雅可夫斯基的《败类》。

事情过去了这么多年之后，重新翻看这些篇目，有些已经记不得了，但笔记本上那些抄写的字迹，分明是我的。其实，学习任何东西都是一样的，不可能记住所有，就像狗熊掰棒子，掰得多，丢得也多，最后抱在怀里的，只剩下一个。剩下一个，也是好的，最怕的是什么都丢掉了，一个也没有剩下。

对于我，当时全文背诵过闻捷的《我思念北京》。就是到今天，我也能够完整地讲述徐开垒的《竞赛》，韩少华的《序曲》，任大霖的《打赌》，萧平的《三月雪》，和刘真《长长的流水》里的《核桃的秘密》。我毕竟没有像狗熊一样，把掰下来的棒子全部丢掉。

　　特别是重新看到应修人的小诗，让我感到那么亲切，记忆依旧那么清晰并清新，仿佛就在昨天。那时，我痴迷五四时期的小诗，应该是从读了冰心的小诗《繁星》《春水》开始。应修人和潘漠华是五四时期的两位牺牲的烈士，牺牲的时候，他们一个只有三十三岁，一个只有三十二岁。我非常喜欢他们写的小诗，在这本笔记本上抄了很多。其中一首小诗名字叫作《柳》，一九二二年三月，应修人写的诗，全诗一共只有五行：

　　几来不见，
　　柳妹妹又换上新装了
　　——换得更清丽了！
　　可惜妹妹不像妈妈一样疼我，
　　妹妹，总不肯把换下的衣给我。

　　真的还记得当时抄录这首小诗的心情，是那样的兴奋。应修人用孩子的眼光看待春天刚刚回黄转绿的柳树，他把柳树清丽的枝条比作自己的小妹妹，是因为他想起了妈妈，想起妈妈的疼爱。他写得那么的委婉有致，将孩子的感情表达得那么的活泼俏皮，又那么的清新可爱。当时，也想，这么充满天真童心的诗人，怎么可以遭到屠杀呢？他才三十三岁呀，那么的年轻！心里真的是充满悲伤。

　　当然，抄录的这些文字，有些当时并没有看懂，或者是似懂非懂，或者是不懂装懂。不管怎么说，抄录下来这些文字，对于我就是一种磨炼，就像跳进了水里，不管会游泳还是不会游泳，起码扑腾了一遍，沾惹上一身水花，试探了一番水的深浅。一个孩子，就是这样在懵懵懂懂的不懂，似懂非懂中慢慢长大的。

　　笔记本上面的那一行行的钢笔字，尽管写得幼稚，一笔一画，却很认真呢。那上面有一个高一学生的学习和心情的密码。

谈读书笔记

回想起来，中学时代，尽管读了一些外国作家如契诃夫、屠格涅夫、赫尔岑、雨果、莫泊桑、欧·亨利、德莱赛、惠特曼等人的书，但是，更喜欢的还是中国作家的书。在中国作家中，从学校图书馆里几乎借遍了当时人民文学出版社出版的那一套五四作家的选集。当代作家中，相比较当时更出名的作家，比如当时六十年代杨朔、刘白羽、秦牧的散文，李准、柳青、浩然的小说。

有意思的是，这些作家的书读后，我并没有怎么写读书笔记。我写过的读书笔记的几位作家，似乎并没有上述那些作家那么出名。

我做过这样几位作家的读书笔记——

一

写小说的是这样几位。

一位是儿童文学作家任大霖。我几乎买全了当时出版的他所有的书，包括《蟋蟀及其他》《山冈上的星》《小茶碗变成大脸盆》《我的朋友容容》，还有他的儿童诗集《我们院子里的朋友》。其中《打赌》和《渡口》两篇小说，尤其让我入迷，曾经全文抄录在我的日记本里，至今依然可以完整无缺地讲述这两个故事。

小哥俩吵架，哥哥一气之下离家出走，弟弟一直在渡口等哥哥回家，为看得远些，弟弟爬到一棵榆树上。傍晚的渡口很荒凉，等到半夜，弟弟睡着了。哥哥回来了，听见哥哥叫自己，弟弟一下子从一人多高的榆树上跳下来。吵架后的重逢，兄弟亲情才分外浓郁。任大霖说："渡口有些悲怆。"这是我第一次见到"悲怆"这个词，很震撼。这是只有亲身经历亲情碰撞的人，才会感到的悲怆。

为和伙伴打赌，敢不敢到乱坟岗子摘一朵龙爪花，"我"去了，走在夜色漆黑的半路上怕了，从夜娇娇花丛中钻出一个小姑娘杏枝，手里拿着装有半瓶萤火虫的玻璃瓶，陪"我"夜闯乱坟岗子。打赌胜利了，伙伴讽刺"我"有人陪，不算本事，唱起"夫妻两家头，吃颗蚕豆头，碰碰额角头"，嘲笑"我"。于是，又打了一次赌：敢不敢打杏枝？为证明自己不是和杏枝好，"我"竟然打了杏枝。美和美的破坏后的怅然若失，让"我"总会想起杏枝的哭声。小说最后一节，多年过后，"我"回故乡，没有见到杏枝，见到了她的哥哥长水，说起童年打赌的事，她哥哥摇头说完全不记得了，"我想这不是真话，一定是长水怕难为情，不想谈它"。成人和童年的对比，完全是两幅画，成人是写实的工笔，童年是梦幻般的写意。

读过之后，我不仅做了读书笔记，还全文抄录了这两篇小说。当时想，为什么不写"我"回乡后见到了杏枝呢？又想，真的见到了，还有意思吗？我似乎体会到了一点儿文学的感觉。因为看到这两篇小说，后来从《收获》杂志上找到了他写的《童年时代的朋友》全部文章，便深深记住了任大霖这个名字。他是陪伴我整个青春期成长的一位作家。高一的时候，《儿童文学》创刊，我在上面读到他的新作《白石榴花》和《戏迷四太婆》，虽然和他的《打赌》和《渡口》相比，明显多了当时流行的阶级斗争的色彩，但我依然非常喜欢，特别是《白石榴花》，他对孩子心理的触摸，对良善人性的描摹，觉得还是高出一般儿童文学的作品的。

二

一位是萧平。我买过一本《三月雪》，一九五八年作家出版社出版，里面只有六篇短篇小说，其中最有名也让我最难忘的，是《三月雪》和《玉姑山下的故事》。半个多世纪过去了，居然还保存着当年读这本书时记的笔记，记录着《三月雪》第一节开头："日记本里夹着一枝干枯了的、洁白的花。他轻轻拿起那枝花，凝视着，在他的眼前又浮现出那棵迎着早春飘散着浓郁的香气的三月雪，蓊郁的松树，松林里的烈士墓，三月雪下牺牲的刘云……"

《三月雪》和《玉姑山下的故事》，写的都是战争年代的故事。在二十世纪五十年代，与同时代书写战争的小说的写法不尽相同。萧平是把战争推向背景，把更多笔墨放在战争中的人性和人情之处。将战争的残酷，和人性中的微妙，有机地调和一起。浸透着战争的血痕，同时又盛开着浓郁花香的三月雪，可以说是萧平小说显著的意象，或者象征。可谓一半是火，一半是花。

两篇小说的主角，不是叱咤风云的大人物或小英雄，都是小姑娘，清纯可爱，和庞大而血腥的战争，有意做着过于鲜明的对比。《三月雪》中，区委书记周浩很喜爱这个聪明伶俐的十一二岁的小姑娘，在离别前小娟孩子气地和他商量好，骗妈妈说要跟周浩一起走，走了几步，又跑回去告诉了妈妈真相，怕妈妈担心的那一段描写，让我感动，总是难忘。

《玉姑山下的故事》中的小姑娘小凤，比小娟大几岁，应该和当初读小说时的我年龄相仿。小凤与小说中的"我"发生的故事，特别是晚上的约会，"我"的渴盼，小凤没去后"我"到梨园找她时一路的心情和想象……那一番极其曲折又微妙难言的情感涟漪的泛起，将青春期男女孩子之间情窦初开的朦胧感情写得委婉有致。特别是放在战火硝烟的背景之中，这样的感情如鲜花一样开放，如春水一样流淌，却极易凋零和流逝，显得格外揪心揪肺。其异于当时流行的铁板铜钹而别具一格的阴柔风格，让我耳目一新。

小说结尾，小凤成了一名战士，骑着一匹红马从"我"身旁驰过，"我想叫住她，可是战马早已经驰过很远了。我呆呆地站在那里，望着那匹红马迎着西北风在山谷里奔驰着，最后消失在深深密林里"。让我想起任大霖《打赌》的结尾，一样没有和女主人公相见，给人留下那种怅然若失的味道，这就是那时候文学留给我的味道。

三

另一位是田涛。我从学校图书馆里，偶然借到他的短篇小说集《在外祖父家里》。全本书中都是一个叙述者小男孩以第一人称"我"的视角，叙述农村的往事，特别亲切。小说所有篇章都集中在河北平原一个叫"十里铺"的小小的村子。外祖父的梨树林、兴旺爹的瓜园、村里的甜水井，破庙改造的小学校，大人们擂油锤的油作坊和做棺材套的木场子，孩子们抽鸽子的柏树坟、捉鱼的苇塘濠沟和拾落风柴打孙军（一种游戏）的旷野……散漫的场景，像多幕剧的一个舞台，变幻着不同装置的场景，演绎着一组相同人物的悲欢离合。小说里出现的那些大妙子二妙子，和我母亲称呼老家里她的亲戚一模一样，让我感到更加亲切。

我抄录了好多精彩的段落，也写下好多的读书笔记。

他写每年七月十五给外祖母上坟，母亲都要嘱咐"我"在外祖母的坟头上哭，要不外祖父就不给梨吃。"我"就跟着大人哭。离开坟地，看见母亲的眼睛都哭红了，也不敢开口要梨吃了。这样微妙的心理，是独属于孩子的，觉得写得好玩、有趣，不是外祖母被地主逼死而怀有一腔愤恨痛哭的那种外在的描写。

他写馋嘴盼望着吃伏席，"我盼着树叶儿发黄，盼着树叶儿落，盼着那料峭的西北风快些吹来。好把这大地上的一切青色变黄，一切小虫子冻死，让那些小濠坑儿里地上的水结起带有花纹的冰片。到那时，兴旺就会坐着篷窿儿车把新娘子的花轿接过来，我们就可以伏八碟八碗的酒席了。兴旺把新娘子娶过门后，他也会带着新妗子陪我们往旷野里去拾落风柴的。想着兴旺的美事，自己仿佛都着急"。这样孩子气的描写，和当时我的心情那样相通。

他写老一辈人艰辛的日子，大舅父被外祖父赶出家门去谋生，外祖父复杂的心情描写："大舅父走后，外祖父的性格更显得冷漠。妗子们不愿同他多谈话，他也不同家里的人谈什么。每天除了走进梨树林，一棵梨树一棵梨树地数着上面的梨儿，便坐在大柏树间的窝棚里吸旱烟。有时候，他叫我陪他一同坐在柏树杈间的窝棚上，伴着他的寂寞。"把一个将万千心事都埋在心底的孤苦老人的心情，写得那样含蓄不露，蕴藉有致。那些数不清的梨树上的梨儿，那些抽不完的旱烟，都是外祖父的心情，也是"我"对外祖父的感情。这样孩子般细若海葵的笔触和情如微风的笔调，也让大人的世界在心酸之中有了难得的温情。

田涛的这本小说集，和田涛同时代的作家刘真的《长长的流水》（这本书也是我在图书馆里偶然翻到的，先是那里面的插图吸引了我，忘记是谁画的了，但黑白线描画得真是好），都是以孩子视角与心理铺陈而融入我青春期的阅读中，记忆是那样深刻，温馨，清晰如昨。在我读书笔记中，曾经将他们二位做个比较，坦率地说，尽管我也喜欢刘真，但我更喜欢更平易的田涛。

四

写散文的作家中，我喜欢韩少华、李冠军、郭风。

三位是怎么碰到的？我已经忘记是什么样的机缘巧合了。可能都是在书店或图书馆里翻书时偶然的邂逅。那时候，文学刊物不多，出版的书不多，报刊上发表的文学作品也不多。记得第一次读到韩少华的《序曲》，是在周立波主编的一本六十年代散文选的书中。在这本书的序言里，周立波特别分析了《序曲》，格外瞩目。我读后，感到所言不虚，非常喜欢。至今还清晰地记得，《序曲》里那个演出前对镜理妆心情紧张的舞蹈少女，和那位为少女描眉的慈爱的老院长；记得序曲响起，大幕拉开，少女以轻盈的舞步迈进了芬芳的月色中的情景，如梦如幻。可以说，是这篇《序曲》，让我迷上了散文，原来散文还可以这样写，觉得他和当时一些散文名家的写作姿态不大一样，他似乎更重视散文的意境，更仔细经营散文的叙事而多于那时常见的抒情和结尾的升华。他几乎都是用富于情感的细节和诗意的笔触，集中在一个特定的场景和情境，细腻温馨地书写心中的生活、情感和人物。

我开始注意韩少华这个名字，收集他写的散文。《序曲》《花的随笔》《第一课》，都抄录在日记本里，每篇散文的题目，还特意用红笔写成美术字。

买到李冠军的散文集《迟归》，完全偶然。大概是先在《少年文艺》看过他的散文，便记住了这个名字，在书店里看到这本书，便买了下来。这是一本薄薄的小册子，吸引我的地方在于，集子中的散文全部写的是校园生活，里面所写的学生和我的年龄差不多大，老师和我熟悉的人影叠印重合。至今依然清晰地记得书中第一篇文章《迟归》的开头："夜，林荫路睡了。"感觉是那样的美，格外迷人。一句普通的拟人句，在一个孩子的心里充满纯真的想象和感动。

一群下乡劳动的女学生回校已经是半夜时分，担心校门关上，无法进去回宿舍睡觉。谁想到校门开了，传达室的老大爷特意等候，出门却说："睡不着，出来看看月亮！"女孩子们谢过后跑进校园，老大爷还站在那里，望着五月的夜空。文章最后一句写道："这老人的心，当真喜欢这奶黄色的月亮？"尽管多少有些人为的痕迹，但老大爷发自内心对学生的那种良善感情，当时在我的心里漾起感动的涟漪。

已经过去了近六十年，一切恍若目前。那个五月的夜晚，那个奶黄色的月亮，那个传达室的老大爷，弥漫起一种美好的意境，总会在我的心中浮动。

忘记是高一还是高二，在东安市场的旧书店里，我买了一本郭风的《叶笛集》，只花了一角钱。这本散文诗集，收录的是郭风先生一九五七年冬天到一九五八年夏天写下的作品。

我很喜欢书中描写的红色的香蕉花、米黄色的荔枝花和月白色的橘子花，以及那"美丽的好像开花的土地"的老榕树，"腊月里蜜蜂还出来采蜜的"的故乡。那些花，和那种榕树，当时我都没有见过，郭风的描写，让我对那些花和树充满想象和向往。

我还曾经抄过、背过书里面那些散发着豆蔻香味一样的散文诗句：

　　雨点敲打着远处一大群一大群相互依偎的绵羊似的荔枝林，那林梢仿佛在冒着白色的烟雾。

　　云絮浮在空中，好像一只蓝酒杯中泛起的泡沫。太阳挂在空中，好像一朵发光的向日葵。

　　明媚得好像成熟麦穗的天空。

　　……

心想，只有拥有童心的人，才会有这样鱼鸟皆遂性，草木自吹香的心性，才会在笔下流淌出这样新颖而明朗的语言，才会如小孩子的心思一样充满奇思妙想，把荔枝林比作相互依偎的绵羊，把云絮比作蓝酒杯中的泡沫，把天空比作成熟的麦穗，把太阳比作一朵发光的向日葵。那样的透明、清澈，让我少年的心里充满花开一般的向往，遥远得犹如一个迷蒙的梦。

　　这几本书，都是薄薄的小册子。在一个孩子最初的阅读阶段，或许这样的小册子比大部头，因其内容亲近而亲切，篇章短小而精悍，更易于孩子接受和吸收，读后感想的笔记，也容易写，写得有针对性，不像大部头，如盲人摸象，一时摸不着头脑，不好下笔。

　　人生充满偶然，想起当初如果没有和任大霖、萧平、田涛，没有和韩少华、李冠军、郭风相逢；如果我读了他们的作品，只是读过之后就扔下了，没有做读书笔记；当然，我一样可以长大，度过整个中学时代，但我的中学时代该会是缺少了多么难忘的一段经历，没有看到多少动人而迷人的风景，也没有了我成长中的收获。这种收获，既帮助了我的写作，也帮助了我的成长。

读书最重要的方法

一

很多读者曾经问我读书有没有好的方法?

我说,读书最好的方法,就是细读,这也可以说是读书最重要的方法。当然,这是指那些你真正喜欢的而且真正有价值的书。

当你找到了这样的书之后,就应该把速度放慢,不要粗心或粗疏地去读,而是要一字一句仔细地读,去品味,去思索,去联想,去想象……

细读,是读书的一种本事,要从小加强文本细读的训练,才能让我们的这个本事不断加强。如今,我们这样细读训练的欲望不够充分,训练的方法也远远不够多而且行之有效。

细读的功夫,是阅读的基本功之一。我一直认为,读书的众多方法,因人而异,不必强求,但细读却是人人都要努力去做的,而且,注重从小锻炼。我一向不大赞成所谓"读书破万卷"的说法,对于一般读者，特别是对于孩子，这只是一个颇具诱惑力的口号，是难以也是没有必要完成的。对比读万卷书，对于孩子有实效的不如认真细读几本书。俗话说得好：贪多不烂。

细读，是读书之必须，是重点，是基础。细读，不是语文课堂上老师讲的分段，写段落大意，总结中心思想，也不仅指细致，读的次数多，而是要在这样的读书中能够有所发现，发现书中文字之间微妙的感应，文字背后潜在的秘密，文章传达的精神、思想的魅力所在。在这样的阅读中被感动，不仅感动于书中的内容，同时感动于书中文字作用于心的那些细微之处。张岱在《陶庵梦忆》中有句话："着墨无声，墨沉烟起。"沉下来之后的烟起，才是重要的，是我们所感悟到，在心中袅袅升起的。没有这样的袅袅升起，读的东西便没有价值和意义，收获就小，甚至只是过眼烟云，一散而尽。

读书要细，这个"细"，说着容易，做起来很难。什么叫细？头发丝这样叫细？还是跟风一样看不见叫细？多读几遍就叫细吗？这么说，还是说不清读书要细的基本东西。不如举例说明。

已故的老作家汪曾祺先生的短篇小说《鉴赏家》，或许能够从阅读的细这方面给予我们一些启发。

小说讲述乡间一个名叫叶三的卖水果的水果贩子，跟城里一个叫季陶民的大画家交往的故事。这个大画家家里一年四季的时令水果，都是叶三给送，所以他和画家彼此非常熟悉。有一次叶三给画家送水果，看见画家正画着一幅画，画的是紫藤，开满一纸紫色的花。画家对叶三说我刚画完紫藤，你过来看看怎么样。叶三看了这幅国画，说：画得好。画家问：怎么个好法呢？

这就要说明什么叫细了。我们特别爱说的词是：紫藤开得真是漂亮，开得真是好看，开得真是栩栩如生，开得真是五彩缤纷，开得真是如此灿烂，但是，这不叫好，更不叫细，这叫形容词，或者叫作陈词滥调。我们在最初阅读的时候，恰恰容易注意这些漂亮词语的堆砌，认为用的词儿越多，形容得才能够越生动。恰恰错了。我们还不如这叶三呢。叶三只说了这样一句话，画家立刻点头称是，叶三说：您画的这幅紫藤里有风。画家一愣，说你怎么看得出来我这紫藤里有风呢？叶三跟画家说：您画的紫藤花是乱的。

这就叫细。紫藤一树花是乱的，风在穿花而过，花才会是乱的。读书的时候，要格外注意这样的细微之处，这是作者日常生活的积累。作者在平常的日子里注意观察、捕捉到这样的细微之处，才有可能写得这样的细。细，不是只靠灵感或者才华就可以写作出来的，而是日常生活在写作中自然的转换。而对于我们读者来说，在文本阅读中读得仔细，会帮助我们在生活中观察得仔细；同样，在生活中观察得仔细，也会帮助我们在阅读中读得仔细，同时，便也会帮助我们在写作时写得细。

接着读汪曾祺先生的小说。又有一次，画家画了一幅画，是传统的题材，老鼠上灯台。画完了以后，赶上叶三又送水果来，画家说你看看我老鼠上灯台怎么样。叶三看完以后，您画的这只耗子是小耗子。画家说奇怪了，你何以分出来，说说原因。叶三就说：您看您这耗子上灯台，它的尾巴绕在灯台上好几圈，说明它顽皮，老耗子哪有这个劲头儿，能够爬到灯台上就不错了，早没有劲头儿再去绕灯台了。

什么叫作细？这就叫细。你看见耗子，我也看见耗子，你看见灯台，我也看见灯台了，但是，人家看见了耗子的尾巴在灯台上绕了好几圈，我没有看见，这就有了粗细之分。

又有一次，画家画了一整幅泼墨的墨荷，这是画家最拿手的。他在墨荷旁又画了几个莲蓬。叶三又送水果过来，画家问他画得怎么样。画家也跟小孩一样，等着表扬呢，因为叶三是他的知音呀，但是，这次叶三没表扬，他对画家说：您呀，这次画错了。画家说：我画了一辈子墨荷，都是这么画的，还没有人说我错。你说我错，我错在哪儿？叶三说我们农村有一句谚语：红花莲子白花藕，您画的这个是白荷，白莲花，还结着莲子，这就不对了，应该是开红花才对呀。画家心下佩服，他想，叶三一年四季在田间地头与农作物打交道，人家的农业生活知识比自己来得真切！画家当即在画上抹了一笔胭脂红，白莲花变成红莲花。

细，还在于生活的积累。没有生活知识的积累，只凭漂亮的词语是写不好文章的。叶三告诉了画家，缺乏生活知识，即使画得再细致入微，却可能是错误的，是南辕北辙的。知识是文章写作时的底气和依托。"操千曲而后晓声，观千剑而后识器"，说的就是这个道理。文字表面的细的背后，是知识的积累。这种知识，靠书本的学习，也靠生活的实践。

叶三的故事，让我们明白了什么叫细，细从何得来这样两个问题。阅读，不仅是单纯的文字解读，更是对文字背后意思与意义的解读。这个意思与意义，呈现在文字上面，却来源于生活里面。叶三对于生活的仔细观察和思量，让他能一眼看出画家的画作中的细节问题。如果我们能在生活中锻炼出自己敏锐而细致的眼光，那么我们肯定能够在阅读中体会到作家笔下文字的微妙之处，也能寻找出作家的精微之笔来自何处。同样，我们在读书中体会到这样细微的妙处，我们对生活便也会捕捉到细微而有趣的收获。

细读，锻炼我们的眼睛，让我们的眼睛能够看到文字背后的细微之处：也锻炼我们的心，让我们的心在日常生活之中能够细腻而温柔。

二

细读的锻炼，对于孩子，先从读短文开始，是最好的选择。这倒不仅因为短文短小精悍，适合孩子读。更重要的是，优秀的短文，蕴含更多的艺术之道，更值得品味。冰心先生对短文情有独钟，她说她是文章"护短的人"。我也是这样一个"护短的人"。希望孩子们也能成为这样文章的"护短的人"，一定会有不一般的阅读体验和收获。

孙犁先生的《相片》是一则千字短文，如果粗看，它只是一篇写抗战之后，"我"下乡替抗属给还在前方打仗的亲人写家信的事情。但是，如果细读，我们会发现，写信这件原本平常的事情，在这里却很丰富，包含着这些抗属非常复杂的感情。因为是战争期间，这些妇女已经多年未和在前线杀敌的丈夫见面了，她们既想念丈夫，又希望丈夫在前方杀敌胜利，自己以后能过上好日子。这种复杂的心情，如何在写信中表现出来，是我们需要在细读中寻找并品味出来。

在这则短文中，孙犁先生删繁就简，写了一位妇女要寄给丈夫一张自己的相片。他看到这是张日本鬼子占领村子时逼迫人们做良民证上照的相片，便对这位妇女说：干吗不换张相片寄去？接下来，我们要仔细读的是下面这一段的描写：

"就给他寄这个去！"她郑重地说，"叫他看一看，有敌人在，我们在家里受的什么苦楚，是什么容影！你看这里！"

她过来指着相片角上的一点白光："这是敌人的刺刀，我们哆里哆嗦在那里照相，他们站在后面拿着枪刺逼着哩。"

"叫他看看这个！"她退回去，又抬高声音说，"叫他坚决勇敢地打仗，保护着老百姓……"

这位妇女有意要把自己良民证上的相片寄给自己的丈夫，其深意正在这里。这位妇女寄这样一张特殊相片的举动，让孙犁先生敏锐地捕捉到了，写进文章里，成为文章最能打动人的最关键的细节。如果没有这个关键的细节，我们只能写成这位妇女写信要丈夫在前方勇敢杀敌，好替我们报仇！这样的写法，一定就空洞。可以看出，这样的关键细节，对于写作是多么的重要，是需要我们敏锐去捕捉的。

此外，我们还要仔细读，想一想，如果仅仅写到了良民证上的照片，没有"相片角上的一点白光"，还会打动我们吗？我觉得，要欠缺好多了。"相片角上的一点白光"，是从哪里来的呢？显然，是照相时日本鬼子枪上刺刀的闪动。这位妇女没有说，孙犁先生没有写，但我们一定能够想象得出来。

"相片角上的一点白光"，这样的一笔，便是对这张相片具体的描写。具体，有时并不需要长篇累牍，只需要这样关键的一笔。这一笔，至关重要。我们的老师常批评我们的作文写得不够具体，就是在这样需要具体描写的地方，我们忽略了，只记得写寄照片，而少了"相片角上的一点白光"，便是读得还不够细，自然，读后的收获就降低了，我们自己去写的时候，也就不容易写到了。

再举一篇贾平凹的《吃面》，也很短，不足千字，一共只有五个自然段。我们来细读，分析一下，他是怎么来写这五段的——

第一自然段，写盐汤面是陕西耀县的特产，先介绍它的做法：

"以盐为重，用十几种大料熬成调和汤，不下菜，不用醋，辣子放汪，再漂几片豆腐，吃起来特别有味。"再介绍面馆，不装修，门口只是支着案板和大锅，掌柜的不吆喝，吃客也不说话，一人端着一个大海碗，蹲在街面上吃，吃毕才说一句："滋润！"

需要细读的是，别看一个自然段，短，介绍的两项内容都是概述，却很生动。为什么生动？就是我们要仔细读后好好想一想的地方。要仔细看他介绍盐汤面时，用的几个动词，菜前是"下"，醋前是"用"，辣子后是"放汪"，豆腐前是"漂"，无一字重复，无一字不是常见的俗字，却把各自的特点都写出来了。

再看他写面馆的掌柜的、吃客各自的动作，一个"不吆喝"，一个"不说话"，突然说一句"滋润"，可以读出中国白描的特色和魅力，写的都是面的好吃，但他没有写一个"好吃"的词。

第二自然段，"我"十多年前吃过盐汤面，当时"我"在县城北水库写作，朋友请吃饭，下来吃过一次，吃上了瘾。便常下来吃，一次吃两碗，吃出浑身的汗。有一次，"往返走回半坡，肚子又饿了，再去县城吃，一天里吃了两次。"从一次两碗，到一天两次，都是写盐汤面不同寻常的好吃，前者是好吃的一般化，后者是好吃的加强版。细读，会发现，生动的描写，如同花香不必多一样，也不必多，从生活中捕捉到最精彩的那么一点，就可以了。

第三自然段，后来回到西安后，到大饭店吃饭，总是感觉没有吃好，吃饭时也总不再出汗，便又想起了盐汤面。这是过渡，过渡得自然，又干净利落。

第四自然段，今年夏天，"我"对一位有车的朋友说，到耀县去吃盐汤面，两个小时开车到了耀县，当年的面馆还在，"依旧没有装修，门口支着的案板和大锅。"想吃两碗，一碗就饱了，但出了一头的汗。朋友笑我命贱，为吃一碗面，跑这么远的路，光过路费就花了五十元。"我"说："有这种贱的吗？开着车，跑几小时，花五十元过路费，十几元油费，就要吃一碗面啊！"

在这里，朋友和"我"问话和反问式的对话，再次强调的，还是面的不同寻常。而再次强调到这里吃面才又出了汗，是为了和前一自然段在西安大饭店吃饭不出汗的对比。细微之处的照应，是细读这类短文时，尤其要注意的。因为文章短，尤其要细读，才能不放过一丝一毫的蛛丝马迹，才能读出文章的味道，学习到写作的门道。

最后一个自然段，就一句话："那面很便宜，一元钱一碗，现在涨价了，一碗是一元五角钱。"

为什么不再写面的好吃，而要写面的涨价？这一点，是要在细读中思考的。当然，我们可以说这里表达了作者无限的感慨，但我们还需要细究一下，是什么样的感慨呢？时光？距离？思乡或一种"棋罢不知人换世，酒阑无奈客思家"的感喟？

短中读细，是孩子读书的一种最简便也最有效的方法。我谓之为阅读中的短跑，百米冲刺中，既有马蹄生风的快感，又有立竿见影的收获。需要注意的是，这样的短文选择，尤其重要，一定要选择精彩的。此外，一定要反复多读几遍，才能体会到细读这样的快感和乐趣。

三

细读，主要的是要读出书中所写的细节。细读和细节，注重的都是一个"细"字，两者相符相合，方才真的读出味道，获得收益。

我们来看看日本作家芥川龙之介的《橘子》和印度作家泰戈尔的《喀布尔人》。两篇小说都不长，写的都是有关小姑娘的故事。而且，都是侧面以旁观者的视角来讲述关于小姑娘的故事。

《橘子》是芥川龙之介的名篇，曾经被选入几代日本的小学语文课本。它是以作者"我"的视角来讲述故事。"我"和这个十三四岁脏兮兮的乡下小姑娘，在横须贺上了同一列火车。起初，小姑娘坐在"我"对面，火车刚开不久，小姑娘坐到"我"的身边来了，让"我"有些不快。然后，小姑娘又开始使劲要打开车窗，车窗终于被她打开了，煤烟也滚滚涌进来，"我"更加不快。就在这时候，前面出现了岔路口，城郊低矮寒碜的贫民区的房子出现了，在岔路口的栏杆前，站着三个身穿破烂衣裳的男孩子，他们挥着手向着火车拼命喊着什么，就看见这个小姑娘向车窗外探出半截身子，伸出生了冻疮的手，把五六个橘子向三个男孩子扔去。原来那是她的三个弟弟，来为去别处当佣人的姐姐送行。

故事就是这样的简单。作者"我"却在书中这样感叹："苍茫的暮色笼罩的镇郊的岔道，像小鸟般叫着的三个孩子，以及朝他们身上丢下来的橘子那鲜艳的颜色——这一切的一切，转瞬间就从车窗外掠过去了。但这情景却深深地铭刻在我的心中，使我几乎透不过气来。"为什么这样简单的事情，简单的一幕，让作者"我"这样铭刻在心，并这样激动不已？

我们自己读过之后，是否也能够感动？如果我们感动了，是为什么而感动？显然，我们和作者一样，也是为三个弟弟和姐姐之间的感情而感动。穷人的孩子早当家，才十三四岁的小姑娘就要离开家去给人当佣人，是为了三个幼小的弟弟。弟弟舍不得姐姐走，和姐姐相约好，到岔路口等姐姐坐的火车过来时，为姐姐送行。姐姐等待着这次与弟弟的别离，把准备好的金色橘子抛给弟弟。贫苦人家的姐弟情深，定格在火车风驰电掣掠过的那一刹那。这样一刹那的感情波澜，小说里都没有写，但我们完全可以体味得出来，比写出来还要让我们感动，让我们为弟弟们的依依不舍，为小姐姐的懂事和对弟弟的爱而感动。

没错，如果没有橘子，只是说弟弟们的依依不舍，只是说小姐姐的懂事和对弟弟的爱，说得再多，能够让我们感动吗？那些没有写出来的东西，即留白，像国画中的留白，留给文章想象的空间。

同样，如果有橘子，但姐姐在离开家的时候，就已经把橘子送给弟弟们了，而不是在火车掠过的那一刹那抛给弟弟的，还能够让我们感动吗？所有这些没有这样写的地方，叫作节点，文章有力度，就必须有这样浓缩在最有力的一点上的地方。

这一点，就是橘子，有了橘子这样特殊的出场，小说前面所写的开始坐在"我"的对面，开车不久坐在"我"的身边，拼命使劲打开车窗……这一系列曾经令"我"不解的行动，便都有了用处。这些铺垫，就像运动员在投掷标枪前的助跑，为的是推动最后从车窗抛出橘子的有力一抛。

说来，选择好抛出橘子的时间，是这篇小说的关键，也就是这篇小说的核儿；而前面的铺垫也是重要的，为的是最后橘子的出场亮相更有力，更漂亮，更具有期待感；橘子抛出的瞬间，这位姐姐对弟弟的感情仿佛一下升华。

泰戈尔的小说《喀布尔人》，也是泰戈尔的名篇。它写的也是关于小姑娘的故事，是一个父亲对自己女儿的感情。同《橘子》一样，也是通过作者"我"作为这个故事的叙述者。当"我"的女儿敏妮还是一个小姑娘的时候，这一对父女就认识了常到他们家前卖货的货郎，货郎来自喀布尔的乡下，到加尔各答走街串巷卖一些零食和小玩意儿。几年过去了，"我"的女儿出嫁的那天的早晨，货郎——那个喀布尔人刚刚出狱不久，突然出现在"我"家的门前，他带来一些葡萄干和杏仁小礼物，想要见见"我"的女儿。"我"

觉得不吉利，心中不安，告诉他家里正在办喜事，让他过几天再来。他很失望，把带来的礼物放下，让"我"转交给敏妮。"我"要给他钱，他忙说千万不要给他钱，他不是为了钱，他家里也有和"我"女儿一样大的女儿，他没法回家，只是特别想见见"我"的女儿。说着，他从长袍的里面掏出一张揉皱的又小又脏的纸，小心地打开纸，上面印着一个墨迹模糊的小手印。他每年到加尔各答街头卖货的时候，他自己的小女儿这个小小的手印，总带在身上，也印在他的心上。而如今，他已经八年没有见到自己的女儿了。

小说写到这里的时候，泰戈尔有这样一段描写："眼泪涌到我的眼眶里……在那遥远的山舍里他的女儿，使我想起了我的小敏妮。我立刻把敏妮从内室里叫出来，别人多方劝阻，我都不肯听。敏妮出来了，她穿着结婚的红绸衣服……"

显然，这是作者"我"的感动。同《橘子》里的"我"一样的感动，只是《橘子》里是看到姐姐从车窗抛出橘子，这里是看到了这张印着女儿小手印的纸。同"橘子"的出场方式和时间不同的是，这张纸出现在父亲离开女儿的八年之后，同时又是在敏妮出嫁的日子里。阔别的时间和距离，令人那样怅惘和无奈，别人家的女儿穿着新婚的红绸衣服，自己的女儿现在怎样呢？泰戈尔没有写，用的同样是留白。这样的对比，更让父亲的这种怅惘和无奈沉入谷底。如果选择的不是这样一个特殊的时刻，只是一个平常的日子里亮相这个小手印，一个父亲对女儿的思念之情，还能够这样特殊和深刻的吗?

我们看到了,橘子和小手印,都是小说中的细节。这样的细节,都是人物情感的寄托和象征。它们出现的节点,是作者有意为之的。小说中人物的感情就随着这些重要的细节出现而产生激荡的。而且,我们还要注意,这样的细节的运用,是有讲究的,并不是随便就让它们出场,而是出现在小说重要的节点而发生波动。橘子和小手印,这两个细节,恰恰都用在恰到好处的节骨眼上,才会让我们如此感动和难忘。

我们还需要细读的是,同样是橘子和小手印细节的出场,两位作家处理的方法却不尽相同。《橘子》里橘子出场前,是有铺垫的,但在《喀布尔人》里,没有铺垫,只是在小说的结尾处,一下子就让印着女儿小手印的那张纸出场了,有些突兀,但这种意想不到的突兀,令我们感动。如果说《橘子》里橘子出场前的铺垫如同投掷标枪前的助跑;那么《喀布尔人》里小手印的突兀出现恰如撒手锏蓦然出手,立刻一剑封喉。两种不同的方法,起到殊途同归的作用,震撼读者的心灵。

这样两种不同的写作方法,在我们的细读中,不仅会让我们感动,也会让我们提纲挈领掌握文章的命脉之处,在阅读中获得不同的乐趣。

让我们好好细读吧!其乐无穷!

读书是一种修合

　　牛津大学教授约翰·凯里，在他的《读书至乐》一书中这样说过："读书的特别之处在于——书籍这种媒介与电影、电视媒介相比，具有不完美的缺陷。电影与电视所传递的图像几乎是完美的，看起来和它要表现的东西没有什么两样。印刷文字则不然，它们只是纸上的黑色标记，必须经过熟练读者的破译才能具有相应的意义。"

　　我赞同他的说法。电影和电视时代乃至网络时代的到来，使得农业时代传统的纸面阅读受到了强烈的冲击，约翰·凯里教授强调的"必须经过熟练读者的破译才能具有相应的意义"，对于今天我们读书而言，格外具有现实的意义。他其实就是告诉我们，如今的读书已经成为一种能力，只有具备了这种能力，才能读出书本中相应的意义，当然还会从中感受到乐趣。这种乐趣和意义，更注重心灵与精神的层面。

　　只是，我们现在常常容易忽略心灵与精神，而是更加重视挣钱、获取财富或升迁的能力。阅读的能力，越来越被我们忽略，或者仅仅沦为一种应付考试的实用的能力。和前人相比，我们读书的能力已经大幅度地退步，起码和我们对财富能力的渴望与热度相比，不成比例。

但传统的纸面阅读，毕竟有着自己所不可取代的独特魅力。它古典式的宁静，和在白纸黑字之间弥散着的想象力和慰藉感，是任何其他阅读方式不可比拟的，从而成为现代生活选择的一种美好的方式。它起码让我们的情感和心绪以及心灵，有了一个与之呼应而充满着悠扬回声的空间。好书总能给予我们一个与现实相对比和对应的空间。好书总能够让我们仰起头，不再只注意自己鼻尖底下那一点点，而重新看一看头顶浩瀚的天空，太阳还在明朗朗地照耀着，只不过太阳和风雨雷电同在。不要只看见了风雨雷电就以为太阳不存在了。

我国是一个拥有热爱读书的传统的国家，读书应该成为我们民族不可或缺的内容之一，成为这个社会的良心，成为我们所有人感情、思想和精神的一种滋养。

读书确实是需要能力的，这样的能力，谁都需要学习，需要锻炼和培养。而这样的学习、锻炼和培养，首先需要跳出实用主义的泥沼，需要从孩子开始，从青春开始才行。因为读书和种庄稼一样，也是有季节性的，过了这村就没有这店。青春时读书，是最好的季节，最容易感受和吸收，最有利于孩子的自身心灵与精神的丰富和成长。回忆青春时节的读书经历和那些读过的书，便会想，如果漫长的岁月里我没有读过这些书，会是什么样的状况？也许，日子照样地过，依然活到了今天，但总觉得会缺少点什么。什么呢？我又说不清了，因为与看得见摸得着的过于实际的相比，它看不见摸不着，又不会那么实际实惠实用。细想一下，大概缺少的应该是阅读带给我的那种美感、善感和敏感，以及无穷的快感和乐趣吧？会让我的心粗糙而变成一块千疮百孔的搓脚石了吧？会让我的精神贫瘠而变成荒原一样荒芜了吧？

有这样两句古语我很喜欢，也常以此告诫自己。

一句是放翁的诗："晨炊躬稼米，夜读世藏书。"它能让我想起我们先人的读书情景，那时读书只是一种朴素的生存方式，一边煮自己躬身稼穑的米粥一边读书，而不是现在伴一杯咖啡的时髦或点缀。

另一句是北京明永乐年间开业的老药铺万全堂中的一副抱柱联："修合无人见，存心有天知。"说的虽是医德，其实也可做读书的座右铭，读书也是一种修合，不是给别人看的，也不是为别人读的，更不是为功名利禄看的。读书人的德行，心知书知，天知地知。

一生读书始于诗

在我看来，对于孩子的启蒙，我们过于偏重道德与处世。我们常常忽略的，是对孩子精神与心灵方面的滋养。因此，我们现在的孩子，过于实际、实用、实惠。

其实，中国是一个有着悠久历史的诗的国度，而对于孩子精神与心灵的启蒙，最好的路径莫过于诗的教化，不仅形象生动、易学好懂，而且，潜移默化之中、审美滋润之中，影响人的一生。过去的《千家诗》《唐诗三百首》的版本，广为流传，如今，我们却舍弃诗的教化传统，拾起《弟子规》老一套去让孩子接受，是否有些南辕北辙呢？

诗的教育，最好莫过于唐诗，唐诗里，最好莫过于绝句。以李白绝句为例，浅显流畅，充满想象，最适合孩子读。古人曾经有这样的高度评价："太白绝句，每篇只与人别，如《闻王昌龄左迁龙标遥有此寄》《送孟浩然之广陵》等作，体格无一分形似。奇节风格，万世一人。"

上面说的两篇，都是李白写的送别诗。送别的对象不同、情景不同、背景不同、心情不同，诗便不尽相同。看看李白如何写送别诗的，又是怎么样做到"体格无一分形似"的，会让我们的孩子感受到情感的细致与别致，由此从小学会体味并珍惜情感，使一颗心变得日渐丰富与充盈起来。

比如先看《闻王昌龄左迁龙标遥有此寄》：

> 杨花落尽子规啼，
>
> 闻道龙标过五溪。
>
> 我寄愁心与明月，
>
> 随风直到夜郎西。

头一句写时间，是春末时分；第二句写地点。虽"杨花落尽子规啼"，以景带情，又道出送别的时间，可谓一石三鸟，写出几分离愁别绪的哀婉惆怅。但最好的还是最后两句，将李白送别的感情发挥得淋漓尽致。

试想，如果将这两句改成：我寄愁心去，直到夜郎西。还会有如此效果？肯定不会。少了"月"和"风"这两样景物的衬托，感情便显单薄。在这里，"月"和"风"便显得如此举足轻重起来。"愁心"借"明月"遣怀，和"明月"融为一体，"愁心"，即所谓我们常说的看不见摸不着的抽象的心情，便有了依附，如明月般，看得见，摸得着了。这样的心情，再随风一起飘逸，和王昌龄一起，不远千里到了贵州，该是多么动人和感人！

再来看《送孟浩然之广陵》：

> 故人西辞黄鹤楼，
>
> 烟花三月下扬州。
>
> 孤帆远影碧空尽，
>
> 唯见长江天际流。

同样写送别，如果同样借用长江来写心情，说我送你的心情和江水一样滚滚而流，一直伴随你到了扬州，李白就做不到"体格无一分形似"了。在这里，第一、二句同样写地点与时间，关键是后两句，李白没有用常见的比喻，而是实情实景实录，人走了，船都看不见影子了，李白还站在那里望呢，这是一种什么样的心情？所谓依依惜别，在这里定格成了一幅生动的画。

如果只有前一句"孤帆远影碧空尽"，没有下一句"唯见长江天际流"，便仅仅是单摆浮搁的送别。有了这下一句，情感才在情境之中凸现，人看不见了，船看不见了，思念却如长江之水从天边涌来，不了之情，滚滚不尽，像音乐一样，有着余音袅袅的意境。

很显然，前一句可以是一幅画；有了后一句，才成为一首诗，过于实际，让我们已经失去了李白和唐诗里情感的深切，与意境的蕴藉了。

我们还可以再来看李白的另一首送别诗《赠汪伦》，这首曾经选入小学课本里，更为我们耳熟能详：

> 李白乘舟将欲行，
>
> 忽闻岸上踏歌声。
>
> 桃花潭水深千尺，
>
> 不及汪伦送我情。

这一首，李白用了我们最爱用也是最常用的比喻，把汪伦送别之时给予李白的友情，夸张地比喻成千尺之深的潭水。

如果仅仅是这样，我觉得不会成为李白的千古绝唱，这首诗的奥妙之处，不在于比喻和夸张，在于李白把这池潭水不是写成了一般的潭水，而是写成了"桃花潭水"。虽然，只是比潭水多了"桃花"二字，却一下子神奇了起来，潭水和送别都一下子不同凡响。

或许，潭水池边，确种有桃树，即使没有桃树，因有了桃花的前置词衬于潭水之前，使得潭水有了特定的能指。我们便也可以想象，桃花盛开，一阵风过，桃花瓣瓣飘落在潭水之上，映得潭水一片嫣红。如此美景之下，汪伦出场了，踏着歌声来为李白送别，这会是一幅多么美丽的画面。这样的画面，古风悠悠，将感情巧妙地融入了斑斓的色彩之中，便超越了仅仅一般的情景交融。

　　试想一下，潭水之前，我们不用"桃花"一词来衬，用任何一词试试，比如"一潭池水深千尺"，或"梨花""杏花""茶花""梅花"……还会有这样诗意吗？没有了，改用任何一个别的词语，都没有桃花来得贴切和传神。这就是中国语言和中国情感表达的微妙之处。

　　我们守着李白，守着唐诗这样宝贵的财富，却仅仅把它们当作语文考试的题目。我们过于实际、实惠和实用，以为诗是最无用的东西，于是丢弃诗的教育。如果我们真的重视孩子的启蒙，我以为当前最需要的不是《弟子规》，也不是《论语》，从唐诗入手，才是最佳的选择。

少读唐诗

最早拥有的唐诗，是偷了家里五元钱买了四本书中的两本：《李白诗选》和《杜甫诗选》。那时书便宜，一本一元零五分，一本七角五分。之所以选择这两本，是因为只知道李白和杜甫的诗在唐诗里最出名，"李杜文章在，光焰万丈长"嘛。除了小学里读过李白的"床前明月光，疑是地上霜。举头望明月，低头思故乡"和杜甫的"两个黄鹂鸣翠柳，一行白鹭上青天。窗含西岭千秋雪，门泊东吴万里船"，又对他们二位，知道得真的不多。

就这样把他们二位请回家。一个初二的学生，其实是看不大懂李白和杜甫的，就像现在的小孩子听不懂崔健和罗大佑，却还是要把他们的歌曲收入MP4或iPod里一样。这两本诗集跟随我从北京到北大荒，颠沛流离了四十七年，依然还完好地在我的身边，李白和杜甫就像我多年不离不弃的好友。

现在翻看这两本被雨水打湿留下水渍印迹和被岁月染上发黄的书页，还能清晰地看到当年一个初二学生读它们时的心迹，即使是那么的幼稚，却是那么的清纯。那些被我用鸵鸟牌天蓝色墨水画下弯弯曲曲曲线的诗句，还有我写下的自以为是的点评，并不让我感到可笑，而是让我自己感动自己，因为以后读书再没有那样的纯净透明，清澈得如同没有一点渣滓的清水。

在李白的《横江词》里，我在这样三句诗下画了曲线："一风三日吹倒山""一水牵愁万里长""涛似连天喷雪来"。一句写风，一句写水，一句写浪，三句都使用夸张的修辞方法，但一句是直接用夸张，风将山吹倒；一句则用拟人，手一般将愁牵来；一句则用比喻，把浪涛涌来比成喷雪。和那个年纪的孩子一样，我那时对诗的内容是忽略不计的，感兴趣的是词儿，希望学到一手好词儿，就像愿意穿漂亮的新衣裳一样，希望把这些好词儿穿在自己的作文上。

在《登太白峰》里，我是在"举手可近月，前行若无山"下画了线。一样，还是夸张的好词儿。

但在《赠从弟冽》里，我却在这样两联诗下画了线："楚人不识凤，重价求山鸡。""桃李寒未开，幽关岂来蹊。"李白当年怀才不遇，竟然和我共鸣。整个一个少年不识愁滋味，为赋新诗强说愁。也许，正是那个年纪的小孩子常见的心态，并不是真的懂得了李白，不过是感时花溅泪罢了。

在《夏十二登岳阳楼》里，我画下这样一句："雁引愁心去，山衔好月来。"这一句，我记忆最深，不仅因为对仗工整，每一个词用得都恰如其分，又恰到好处，一个"雁去"，一个"月来"画面如此的清晰；一个"引"字，一个"衔"字，动词用得是那样的生动别致。更重要的是，这句诗给我一个启发，忧愁也好，苦闷也罢，一切不如意的，都会过去，而美好总还存在并一定会到来的。我就是这样鼓励自己，以至日后我到北大荒插队的时候，艰苦的环境之中，我抄下这句诗给我的同学，彼此鼓励。

在《侠客行》里，我画的诗句是"三杯吐然诺，五岳倒为轻"，就真的是我自己真心的向往了，将诺言作为吐出的吐沫钉天的星，是那时的一种情怀，也是追求的一种境界。

那时，最喜欢的李白的诗，还是《寄东鲁二稚子》。在这首诗里，我在好几句诗下画了线："南风吹归心，飞堕酒楼前。楼东一株桃，枝叶拂青烟。此树我所种，别来向三年……"我还特别在"向"字上画了圆圈，旁边注上了一个字："近"。这是李白想念他的两个孩子的诗，写得朴素而情真。我开始明白了一点点，好词儿不是唯一，感情的真切才是重要的呢。

在《翰林读书言怀呈集贤诸学士》里，我画下这样一句"片言苟会心，掩卷忽而笑"，便是那时读李白时真实的写照了。那时读书时真的能够给予自己那么多会心的欢乐。

对于杜甫，少年时是理解不了的。虽然，课堂上学过《石壕吏》，但不认为那就是杜甫最好的诗篇。在这本《杜甫诗选》里，在《北征》等长诗里有详细的注音注解，但印象并不深，不深的原因是不懂，也不能要求一个十几岁的少年懂得那时沉郁沧桑的杜甫。

印象深的，还是杜甫对于感情的表达很真切。《后出塞》中"战伐有功业，焉能守旧丘"，《月夜忆舍弟》中"露从今夜白，月是故乡明"，《彭衙行》中"谁肯艰难际，豁达露心肝"，《登高》中"无边落木萧萧下，不尽长江滚滚来"，这样的句子下面，都被我画下了曲线。"战伐有功业，焉能守旧丘"和"谁肯艰难际，豁达露心肝"，心情表达得直白明确，却那样能够让人感动；"露从今夜白，月是故乡明"和"无边落木萧萧下，不尽长江滚滚来"，则那样的情景交融，那样让人难忘。

我也在《梦李白》中的"冠盖满京华，斯人独憔悴"卜画了曲线，但实际上是似懂非懂的，只不过那时读了冰心的小说，其中一篇题目是"斯人独憔悴"而已。

杜甫诗中最难忘的，是《赠卫八处士》。那时全诗背诵过，但也未见得真正懂得。逐渐明白其中的含义，应该是在以后的日子里，特别是到了北大荒插队，有了一些人生的颠簸和朋友的星云流散之后，才多少明白一点"人生不相见，动如参与商""夜雨剪春韭，新炊间黄粱。主称会面难，一举累十觞"的意思。而"访旧半为鬼，惊呼热中肠"，则更是在以后，面对许多亲人相继离去的情景。"明日隔山岳，世事两茫茫"，是那一阵子我心里常有伤怀感时的感慨。但我要感谢少年之时读过背过这首诗，让我在日后的日子里心情寄托和抒发的时候，找到了对应的寄托。那不仅是诗的寄托，更是民族古老情怀与血脉的延续和继承。

有意思的是，在这本《杜甫诗选》里，夹着一小页已经发黄的纸，上面开始用红墨水笔写着写着，没水了，接着用铅笔写下的正反两面密密麻麻的小字，是我读孟郊的诗的一些感想。现在回忆起来，大概是上高中时的事情了。不知道为什么夹在这里，经历了几十年的岁月，竟然还完整无缺地保存在这里。应该说，还是要感谢《李白诗选》和《杜甫诗选》这两本书，因为对唐诗的喜爱，是从这里开始的。可以说，没有李白和杜甫，不可能有以后的孟郊。

将这一页抄录如下——

一提起"郊寒岛瘦"来，孟郊的诗可谓是瘦石巉岩，苦吟为多。"万俗皆走圆，一身犹学方""小人智虑险，平地生太行"地对人世的感慨，以及"抽壮无一线，剪怀盈千刀""触绪无新心，丛悲有余忆"的感叹，几乎在孟郊的诗集中比比皆是。但这样一位苦吟诗人也不乏清新的小诗。脍炙人口、传之于世的"春风得意马蹄疾""月明直见嵩山雪"，或者是形容那"吹霞弄日光不定，暖得曲身成直身"的炭火。但我以为，更清新的诗似乎被开掉了。试举一例说明——《游子》一诗四句："萱草生堂阶，游子行天涯。慈亲倚堂门，不见萱草花。"艳阳春光，堂前春草，相争而出，然而慈母却都没有看见，因为她看的不是这咫尺之近的萱草花，而是远游未归的游子。从眼前有之物，写出无限之情。

天呀，那时怎么竟是如此的自以为是，刚刚从老师那里学到一点东西，就这样激扬文字，挥斥方遒，指点起唐诗来了。

少读宋词

　　那时，五元钱买四本书，还能剩下钱。那是三十多年前，我上初中二年级，趁着父母没在家，悄悄地打开了家里的小牛皮箱，偷了家里的五元钱，跑到大栅栏里的一家新华书店，买了四本书。回到家里，挨了爸爸的一顿打。那大概是我生平第一次挨打，我牢牢地记住了那滋味。四十多年过去了，许多书在岁月的迁徙中丢失了，这四本书却一直保存着。书的封面和里面的书页已经卷角或破损，那是青春和时光留下的纪念。

　　这四本书中，有一本是中华书局出版的《宋词选》，胡云翼先生选注。因为在买书之前，我刚刚在学校的图书馆里看到胡先生在二十世纪三十年代写过的散文，一看他不仅写散文，还选注宋词，便买下了这本书。小孩子买书，总是凭兴趣和好奇心的驱使。

　　我很喜欢这本《宋词选》，即使三十多年过去了，以后我还见过宋词的一些其他选本，我依然认为这个选本最有特点。特别是胡先生的前言写得很好，很详尽，又深入浅出，有自己的眼光和见识。虽然，在当时时代大背景下，里面的前言和注解有一些硬贴上去的政治色彩，但总体上选得精当，前言论述宋词发展的脉络清晰，评价得当。每位词家前面的介绍，文字不多，却学问精深，有很高的史料价值。

那时，我每天晚上读这本书上的一首宋词，然后抄在一张纸条上。第二天上学时带在衣袋里，在路上背诵。

我好长时间上学是走路，从家里到学校要走半小时，这半个小时足够把这首宋词背下来了。"无可奈何花落去，似曾相识燕归来，小园香径独徘徊。"（晏殊《浣溪沙》）"舞低杨柳楼心月，歌尽桃花扇底风。"（晏几道《鹧鸪天》）"会挽雕弓如满月，西北望，射天狼。"（苏轼《江城子》）"天涯也有江南信，梅破知春近。"（黄庭坚《虞美人》）"无奈归心，暗随流水到天涯。"（秦观《望海潮》）"九万里风鹏正举，风休住，蓬舟吹取三山去。"（李清照《渔家傲》）……多少美妙无比的宋词，都是在这上学的路上背诵下来的。有这些宋词相伴，那些个日子真是惬意得很。一张张抄满宋词的小纸条揣在我的衣袋里，沉醉在悠悠宋朝的春风、秋雨、落花、流水之中，身旁闪过车水马龙喧嚣的街景，便都熟视无睹，或都幻作宋代的勾栏瓦舍。半个小时的路，便显得短了许多，也轻快了许多。

少年不识愁滋味，正是不知天高地厚的年龄，可能是青春期的逆反心理作怪，偏偏不喜胡云翼先生在前言里推崇的柳永、周邦彦。胡先生高度评价"北宋词到柳永而一变",又极其赞美说周邦彦是"以高度形式格律化被称为'集大成'的词人"。我不以为然,以为柳永的词有些啰唆直白,周邦彦的词又太文绉绉,有些雕琢。那时,我就是这样自以为是。那时,我喜欢辛弃疾,喜欢秦观;喜欢辛弃疾的阳刚之气,喜欢秦观的阴柔之美。

古人说:"子瞻(苏轼)词胜乎情,耆卿(柳永)情胜乎词;辞情相称者,唯少游一人而已。"这评价似乎有些过,但秦观的词,那时我确实喜欢。他的《鹊桥仙》和《踏莎行》用精美的意象和朴素的词句传达了人类共同拥有的感情,那时我背得滚瓜烂熟:"金风玉露一相逢,便胜却人间无数。""两情若是久长时,又岂在朝朝暮暮。""雾失楼台,月迷津渡,桃源望断无寻处。"……即使到现在依然记忆犹新。

辛弃疾的许多词句令我的心怦然而动:"落日楼头,断鸿声里,江南游子,把吴钩看了,栏杆拍遍,无人会,登临意。""斫去桂婆娑,人道是,清光更多。""青山遮不住,毕竟东流去。""闲愁最苦,休去倚危栏,斜阳正在烟柳断肠处。""江头未是风波恶,别有人间行路难。""醉里挑灯看剑,梦回吹角连营。八百里分麾下炙,五十弦翻塞外声,沙场秋点兵。""何处望神州,满眼风光北固楼。千古兴亡多少事?悠悠。不尽长江滚滚流。"……

不用说,喜欢的辛弃疾的这些词,染上了我的初中二年级学生心中向往和想象的色彩,和辛弃疾一起登上建康赏心亭、赣州造口壁、京口北固楼，以及那轩窗临水、小舟行钓、春可观梅、秋可餐菊的稼轩新居。那种词句和心境合二而一的情景，大概只有在初中二年级读书时才会拥有，那些妙不可言的词句刻在青春的轨迹上，到现在也难以磨灭。

那时，我最喜欢辛弃疾的《八声甘州》一词，这是辛弃疾夜读《李广传》的感慨，其中融有太多辛弃疾自身的心迹和心声。李广抗击匈奴战功卓著，却不仅未被封侯，反倒被罢免职务，被迫自杀。这与辛弃疾抗金大志未遂而落职赋闲在家的境遇一样，词便写得感情浓重、苍老沉郁："故将军饮罢夜归来，长亭解雕鞍。恨灞陵醉尉，匆匆未识，桃李无言。射虎山横一骑，裂石响惊弦。落魄封侯事，岁晚田间。谁向桑麻杜曲，要短衣匹马，移住南山？看风流慷慨，谈笑过残年。汉开边、功名万里，甚当时、健者也曾闲？纱窗外，斜风细雨，一阵轻寒。"

当时也不知看懂没看懂，只清晰记得读罢这首词让我心里怅然许久的是最后一句："纱窗外，斜风细雨，一阵轻寒。"仿佛那寒冷的斜风细雨也扑打在我的窗前。其实，当时以一个少年的心情触摸老年的心事，自然难免雾中看花。世事沧桑，人生况味，只有到今天方才领悟一点点。领悟到这一点点，但已经很难再有读书时那种风雨扑窗、身临其境的情景，以及遥想历史、追寻辞章的梦幻了。这是没办法的事，人长大的过程中，得到一些东西也必然要失去一些东西，就像狗熊掰棒子，不可能把所有的棒子都抱在怀里。

偷来的李长吉

《三家评注李长吉歌诗》（中华书局一九五九年版）是我以前偷读的一本书。

那时候，传说毛泽东主席喜欢"三李"——李贺、李白、李商隐的诗。于是乎，李长吉便神秘诡奇起来。似乎如同能从《红楼梦》里读出阶级斗争来一样，从李长吉的诗中也可以读出神韵灵光来。

那时候，人们的心情就是这样古怪。于是，当我破例得到图书馆老师悄悄递给我的一把钥匙，像打开敌人秘密暗堡一样打开图书馆的大门，在尘埋网封的书架上见到这本书时，我就像见到果树上结有一枚硕大奇特的果子似的，馋得立刻伸手摘将下来。当时，图书馆被扫荡得七零八落，这本书居然能成为漏网之鱼，实在让人感到又兴奋又意外。我几乎毫不犹豫就把它偷出图书馆。想想它若待在图书馆里，早晚也得付之一炬，便觉得自己如绿林豪杰搭救沦落弱女子于纷飞战火之中，心中燃起莫名的得意。这本以清人于琦注本为主，兼收姚文燮、方扶南两家注本而成的三家评注李贺诗集，是迄今我所见到的最好注本。想最初翻看这本诗集，见到"黑云压城城欲摧""天若有情天亦老""我有迷魂招不得，雄鸡一声天下白"等句子时，真感到如同见到毛主席他老人家一样，好不亲切！

重新翻阅当时抄录的李长吉的诗句，是非常有意思的。居然，那些诗并非自己所写，却分明镌刻着自己青春时期的印记。岁月流逝，人事变迁，历史嬗递，那诗句却铿锵有声，与其说是李长吉的，不如说是我的怦怦心声。在时代潮流于历史册页之间，无论李长吉还是我，都显得渺小、可笑，甚至有些变形。

"少年心事当拏云""直是荆轲一片心""遥望齐州九点烟，一泓海水杯中泻""更容一夜抽千尺，别却池园数寸泥""端州石工巧如神，踏天磨刀割紫云""惟留一简书，金泥泰山顶"……最后我抄下的是"我有辞乡剑，玉锋堪截云""想君白马悬雕弓，世间何处无春风"，然后，我便辞别北京，跑到北大荒，妄想雕弓射虎、玉锋裁云去了。

这本书伴我度过了北大荒六年寒冷而寂寞的时光。有李长吉做伴，枯寂的日子也有了些许浪漫色彩。望着寂寞无边的荒原雪野，翻卷变幻的云影雾岚、火红的柞树林和黑夜中奔突的野狐狸，自己总会时时冒出些李长吉才有的奇特想象。

后来，这本书又伴我从北大荒回到北京。这时我早已青春流逝了，而李长吉似乎永远不老。家中的书越来越多，这本书显得破旧而不显眼了。但我有时还要翻翻它，一直不敢淡忘它。那里有我当初读时随手记下的笔记或记号，虽恍若隔世，却依然旧友重逢般亲切。只是再读时，心境与环境大变，而李长吉也似乎变幻成另一种物象。其实，长吉还是长吉，书还是这本书，变化的不过是自己的心境而已。

当初抄录的诗句，而今已不大喜欢，甚至觉得有些假大空之嫌，这些其实并不是长吉最好的诗。当初喜欢《马诗》，而今却喜欢《南园》；当初喜欢《金铜仙人辞汉歌》，而今却喜欢《神弦别曲》："蜀江风澹水如罗，堕兰谁泛相经过。南山桂树为君死，云衫浅污红脂花。"至于"今日菖蒲花，明朝枫树老""帘外花开二月风，台前泪滴千行竹""天河夜转漂回星，银浦流云学水声"……简直又觉得好像不是长吉之作。

世人皆称长吉为鬼才，其诗多怪，唯朱熹说他的诗巧。以往并不以为然，今天才觉得朱子之说极是。"天遣裁诗花作骨"，长吉的诗，也许我读到现在，才读出一点味道，读出他一点风骨。

这本书伴我已经四十多个年头，而李长吉却只活到二十六岁。每每再读，便觉得冥冥中确实有不解之谜。